L'AGONIE

DU PAGANISME

OU

LES MARTYRS DE LADEVÈZE,

Poëme épique,

PAR

ARSÈNE GISCARD DE LAROQUE,

ECCLÉSIASTIQUE.

PRIX: 2 FRANCS.

Se vend, à Paris,

chez CHARPENTIER, Libraire-Éditeur, 29, rue de Seine.
A Lyon, chez PÉRISSE Frères, Libraires-éditeurs.
A Montpellier, chez Seguin et Malavialle, Libraires.
Et dans les principales librairies du royaume.

—

1844.

L'AGONIE

DU PAGANISME

OU

LES MARTYRS DE LADEVÈZE,

Poëme épique,

PAR

ARSÈNE GISCARD DE LAROQUE,

ECCLÉSIASTIQUE.

PRIX: 2 FRANCS.

Se vend, à Paris,

chez CHARPENTIER, Libraire-Éditeur, 29, rue de Seine.
A Lyon, chez PÉRISSE Frères, Libraires-éditeurs.
A Montpellier, chez Seguin et Malavialle, Libraires.
Et dans les principales librairies du royaume.

—

1844.

Jn.p. de X. Jullien.

L'AGONIE
DU PAGANISME
ou
LES MARTYRS DE LADEVÈZE.

CHANT PREMIER.

SOMMAIRE.

Invocation et sujet du Poème. — Description de Javols, lieu principal de l'action. — Succès de St-Privat dans ce pays. — Songe de l'empereur. — Persécution. — Privat quitte Javols et se retire au mont Mimat. — St-Privat prie et sa prière est présentée à l'éternel par les anges. — Délibérations dans le St-lieu — Conclusion : la persécution sera continuée. — Merle.

Je vais chanter la foi de mes dévots aïeux,
Succombant sous le fer tout en faisant des vœux
Pour les cruels bourreaux dont la rage brutale,
Lesimmolait aux dieux, au son de la tymbale ;
Et peindre au naturel, avec simplicité,

Sans dédaigner de l'art l'agréable beauté,
Des barbares tyrans la fureur meurtrière,
Affreuse, inaccessible à la moindre prière.
J'entreprends de charger un bien rude fardeau,
Mais jamais sans péril un triomphe n'est beau.

Martyrs de Jésus-Christ dont l'illustre victoire
Vous couvrit autrefois d'une brillante gloire,
Je vous invoque, et veux de vous savoir comment,
A des dogmes sacrés l'attachement constant,
Put souffler dans vos cœurs un assez grand courage,
Pour vous faire affronter la mort et le carnage;
Vous surtout, sexe faible, en présence du feu,
Que rien ne put forcer à nier votre Dieu.

Auguste vérité, qui toujours dans mes rimes
De l'éclat le plus pur vis briller tes maximes,
J'ose encore aujourd'hui demander ton secours,
Afin qu'à mes lecteurs je parle sans détours.
Et d'ailleurs, mes aïeux, surpris qu'à leur mémoire
J'osasse en imposer en flétrissant leur gloire
Par un mensonge affreux, ne me diraient-ils pas :
« Cesse de rehausser encore nos combats,
» Nous sommes peu jaloux d'inutiles suffrages
» Que nous procureraient d'avilissantes pages! »
Aussi pour m'éviter ces reproches amers,
La seule vérité parlera dans mes vers,
Et de la fiction sa tête trop altière
Empruntera les traits et la vive lumière.

Presque sur les confins des pays Cévénols,
Au bord du Gévaudan, jadis était Javols,
Cité que gouverna la puissance romaine,
Dont il ne reste plus qu'une trace incertaine.
Seulement de nos jours on y voit un hameau,
De l'antique Javols humble et triste tombeau
Depuis bien peu de temps, toujours quelque ruine
De ce triste village accusa l'origine.
On ordonne aussitôt de creuser dans le sol,
De superbes beautés immense parasol,
Des casques, des boucliers trouvés sous cette voûte,
Sur son antiquité ne laissent plus de doute.
On a même cru voir la trace du contour
Que parcourait le cirque, et debout tout autour
Des spectateurs surpris, au milieu de leur joie,
De devenir sitôt du tartare la proie.
Car, si l'on s'en tenait aux faits les plus certains,
Il serait avéré que les effets soudains
D'un tremblement de terre engloutirent la ville,
Au moment où chacun, sur son salut tranquille,
Gaîment applaudissait par des cris inhumains
Aux efforts redoublés, mais presque toujours vains,
Que faisait par instants une innocente proie,
Qu'ils avaient immolée à leur barbare joie,
Juste punition de l'inhumanité,
Dont ils entretenaient leur folle hilarité.

Vers le troisième siècle, époque où l'évangile

Commençait à voler d'un essor plus agile,
Que les chrétiens enfin devenus plus nombreux
Au silence forçaient les oracles des dieux,
Et toujours animés d'un héroïque zéle
Traînaient à Jésus-Christ quelque nouveau fidèle;
Le Gévaudan barbare, étranger à la foi,
Des chrétiens ignorait encor la douce loi,
Et croyait fermement que l'antique origine
De sa religion était toute divine,
Aussi la suivait-il, toujours constant et sûr,
Et pensant rendre à Dieu l'hommage le plus pur,
Quoiqu'il sût que partout le zèle apostolique
Convertissait le monde à la foi catholique,
Et, partout arborant l'étendard de la croix,
Sur leur trône effrayait les consuls et les rois.
Mais cet ouvrage immense et si rempli d'obstacles,
Que l'homme ne pouvait détruire sans miracles,
Ne se fit pas. l'on sait, pendant quelques instants;
Dieu fit couler le sang de ses pieux enfans,
Pour qu'il fut comme un sceau de durée éternelle
A son église sainte, et que sa mort cruelle,
Trouvant chez les chrétiens quelques imitateurs,
Rendit plus fructueux son sang et ses douleurs.
Aussi depuis le temps où la sainte croyance
De l'obscure Judée a passé dans la France,
L'on compterait au moins, si l'on ajoute foi
Aux calculs approchés qu'on a faits plusieurs fois,
L'on compterait autant de millions de martyres,
Que l'on voit en Europe ou d'états ou d'empires.

Partout on aperçoit des vestiges sacrés,
De zélés confesseurs haïs ou massacrés
Par l'indigne fureur que du fond du tartare
Satan jaloux soufflait dans un prince barbare,
Qui contre Jésus-Christ et son doux sectateur
Inspire à ses sujets et la haine et l'horreur.

C'est ainsi que Javols, très modeste village,
Contre son saint prélat s'anima d'une rage
Peu commune en ces temps d'hérésie et d'erreurs;
L'enfer était entré dans ces barbares cœurs.
Saint-Privat pénétré de la plus vive flamme
Pour la gloire de Dieu, que versa dans son âme,
Comme un baume sacré, l'esprit consolateur,
Afin qu'il fît, de Dieu sincère adorateur,
Le payen qui rendait à ses vaines idoles,
Depuis déjà long-temps des hommages frivoles,
Pour un si noble objet dans tout le Gévaudan,
Signalait ses travaux par un effort constant.
Et Javols fut d'abord de son zèle héroïque
Le théâtre ordinaire, et la foi catholique
Avait même à sa voix acquis une vigueur,
Que ne put étouffer un tyran séducteur
Dans des cœurs que déjà de la foi la plus vive
Avait bien pénétré sa voix persuasive.
Mais le démon voyant que Dieu d'un doux regard
Favorisait son peuple, inspira de César
Les paniques frayeurs sur son trône terrible;

Un moment il pensa que d'un carnage horrible
Son vaste empire allait devenir le sujet,
Et que lui des chrétiens serait le vil jouet.

Effrayé des effets d'un si terrible songe,
La crainte en son palais incessamment le ronge,
Il condamne à périr tout ce peuple nombreux
Que le démon lui peint comme une ombre à ses yeux ;
Le consul redoutant la colère du prince
Fait purger des chrétiens Javols et sa province.
Saint-Privat tout rempli du sens des livres saints
Comprit parfaitement les préceptes divins.
« Autant que vous pourrez, lit on dans l'évangile,
» Mes chers enfans fuyez le séjour d'une ville,
» Où présentant à Dieu des hommages secrets
» De vils persécuteurs vous livrent aux gibets ;
» Vous armant en ce cas de l'humaine prudence,
» Qui naturellement porte à fuir la vengeance;
» Imitez en cela l'exemple que jadis
» Aux chrétiens, ses enfans, donna mon propre fils:
» Attaqué par un prince audacieux, impie,
» Qui ne voulait rien moins qu'attenter à sa vie ,
» Il s'enfuit en Egypte ou j'avais ordonné
» Que par ses saints parens il serait amené. »
Saint-Privat, qui comprit cette sainte ordonnance,
Pour éviter la mort s'enfuit en diligence,
Vient se réfugier au sommet du Mimat,
Depuis lors appelé le mont de Saint-Privat.

C'est là que loin du bruit, presque la nuit entière,
Ce prélat retiré vaquait à la prière,
Implorait l'éternel pour qu'au moins il daignât
L'aider de son secours dans son apostolat:
« Mon Dieu, s'écriait-il, dans l'ardeur de sa flamme,
» Du feu de ton amour daigne embraser mon âme,
» Donne à ma faible voix le talent de toucher,
» Afin que tes enfans apprennent à marcher,
» Avec le cœur rempli d'une céleste joie ;
» Dans les étroits sentiers d'une pénible voie.
» Donne-moi de guider leurs pas encor chanceux
» En me faisant marcher toujours au devant d'eux,
» Que chacun s'efforçant de suivre mon exemple
» Plein d'admiration m'imite et me contemple,
» Afin que par mon zèle ayant ravi les cieux
» Dans le divin séjour je vole radieux. »
Il dit, et sa prière au seigneur agréable
Monta comme un encens d'une odeur délectable,
Jusqu'au trône où l'agneau des séraphins ardents
Ecoute avec bonté les généreux accents.
« Cependant pour donner un exemple à la terre,
» Dit l'éternel d'un ton et suave et sévère,
» Je devrais bien enfin leur ôter des faveurs
» Qu'ils négligèrent tous dans le fond de leurs cœurs.
» C'en est fait, leurs péchés ont comblé la mesure,
» Vouloir nuire à Privat, c'est blesser ma nature;
» Oui je veux désormais de leurs yeux enlever
» Tous les exemples saints qu'ils voudraient imiter.
» A moi j'appellerai mon serviteur fidèle,

» Je le ferai jouir de la gloire éternelle,
» Et ce peuple ennemi de mon culte divin ,
» Que je cherchai souvent à toucher, mais en vain,
» Enfin épuisera le vin de ma colère,
» Et je me montrerai Dieu juste, mais sévère. »
A peine l'éternel a prononcé ces mots,
Que pour tout l'univers craigant d'horribles maux,
Des habitants des cieux la milice sacrée
Se tient aux pieds de Dieu craintive et prosternée,
Et les Archanges saints, de leurs aîles voilés ,
Attentifs à toucher ses esprits irrités,
Entonnent dans une humble et modeste concorde
Le cantique sacré de la miséricorde :
« Saint, saint, saint, hosanna jusqu'au plus haut des cieux !
» Epargne les mortels, daigne exaucer nos veux ,
» Daigne.... » Mais le seigneur comprenant leur pensée,
« C'est assez, leur dit-il, ma colère appaisée
» Ne retirera pas ses grâces aux mortels ,
» Bientôt vous reverrez relevés mes autels,
» Et les prêtres en paix dans leurs saint ministère,
» De ma cruelle mort célébrer le mystère. »

Cependant aussitôt des habitants des cieux
Dieu ne put exaucer les désirs généreux,
Il fallait immoler encor quelques victimes;
Le démon quitte alors les ténébreux abîmes,
Suscitant avec lui pour cette mission
Un homme que poussait la seule ambition.
Merle, c'était le nom du général impie,

Qui commandait en chef cette secte ennemie;
Le nom de Jésus-Christ à ce nouveau Titan
Inspirait plus d'horreur peut-être qu'à Satan.
Aussi dépassa-t-il les ordres de son maître,
Et voyant dans Privat, le chrétien et le prêtre
Au lieu de le jeter au fond d'une prison,
Ainsi qu'à ses agens le dictait le démon,
Afin qu'étant admis à l'interrogatoire,
On lui fit renier le seul Dieu qu'il faut croire,
Le livra tout de suite à l'horreur des tourmens,
Croyant qu'enfin vaincu par les longs châtimens,
Il viendrait, redoutant la dernière sentence,
A ses pieds abjurer la céleste croyance.

CHANT SECOND.

SOMMAIRE.

De Sarrazin, héros du poëme, arrive dans le pays situé au pied du Mimat. — Description du château de Ladevèze. — L'Archange St-Michel est député à Merle par le Très-Haut. — St-Privat et de Sarrazin sont enfermés dans la même prison. — Ce dernier, su la demande de St-Privat, va lui raconter son histoire.

Cependant ses esprits toujours moins icenrtains

Eta:ent loin de céder aux bourreaux inhmains,
Et du sauveur Jésus la cohorte ennemie
Désespérait jamais crier : il sacrifie ;
Lorsque des spectateurs attira tous les yeux
Un chrétien détestant le culte des faux Dieux ;
Charles de Sarrazin, connu de Ladevèze,
Le plus puissant seigneur de la pleine de Dèze,
Dont le dévouement était d'autant plus saint,
Que depuis peu de temps il s'était fait chrétien ;
Et d'ailleurs animé de la foi la plus vive,
Il sera dépouillé de la prérogative,
Qui de sa seigneurie, avantage inégal,
Rendait dans le canton tout seigneur son vassal ;
Même on le privera peut-être de la vie,
Sans qu'il cède jamais à la secte ennemie ;
Chez un catéchumène, ô courage inouï,
Que les célestes chœurs chanteraient à l'envi !
Qui t'inspira, seigneur, une si sainte audace,
Dont s'honore à jamais de ton illustre race
Un obscur rejetton, triste et faible débris
D'une fière grandeur où je cherche un abri ?
Qui d'abord t'enseigna des vérités sacrées
Que ta famille avait jusqu'alors ignorées ?
C'est encore à ton zèle héroïque prélat,
Que l'église devra de ce fier potentat
Les combats incessants poursuivis avec gloire,
Dont les faits détaillés grossiraient une histoire,
Qui mise entre les mains d'un écrivain vanté
Serait digne de plaire à la postérité.

Mais comme, saint martyr, en faisant ton éloge
Mon impuissante main à son pouvoir déroge,
Mes récits languissants et vides d'intérêt
Ne pourront de ta gloire apprendre le secret,
Si le public altier, de peur de prendre l'ire,
A ma peine étranger, dédaigne de les lire,
Et condamne mes vers dans un armoire affreux,
L'un sur l'autre entassés à se pourrir honteux.
Quoiqu'il en soit, il faut que mon orgueil se plie
Et vous dise en détail cette pieuse vie,
Et même dédaignant toute digression,
Sur de Sarrazin seul fixe l'attention.

C'est à présent surtout qu'au degré plus suprême
L'intérêt doit guider le fond de mon poème ;
Aussi me faudrait-il, interrogeant les temps,
Leur demander la clef de secrets importants.
Je devrais, si je veux avoir quelques lumières,
Peut-être m'arrêter aux récits populaires ;
C'est là que bien souvent l'on a la vérité.
Quand un bruit chez un peuple est bien accrédité,
Y croire, c'est, dit on, en croire Dieu lui-même.
En suivant cette marche aurons-nous quelque emblême,
Pour si faible qu'il soit, de ces faits obscursis,
Et qui sont dans la nuit des temps ensevelis ?
Ou plutôt implorant la lumière divine,
Et parcourant tout seul l'éloquente ruine,

2

Alors serons-nous sûrs d'atteindre aux grands desseins
Que se sont proposés mes esprits incertains,
Sans que loin de la fin que je me suis tracée,
Me conduise jamais mon errante pensée ?
Je ne sais, mais après avoir peint le combat
Du peuple de Javols pour perdre son prélat,
Poursuivons le récit des luttes incessantes,
Des tourments, des gibets, des machines sanglantes,
Qu'avait préparés Merle inspiré par Satan,
Contre le nom chrétien , au cœur du Gévaudan.
Faisons grâce aux lecteurs de détails inutiles
Sur les champs où Javols voit aujourd'hui stériles
Des débris, qui jadis avec art exhaussés
Rangeaient ce vilain bourg au nombre des cités,
Afin que mes héros, colons de ces contrées,
Sur leur illustre vie attirent vos pensées.

En effet, si jamais vous voyagiez non loin
De ce fameux Javols, qu'à peindre j'ai pris soin ,
Et que, jetant les yeux sur ces tristes contrées,
Par de riches seigneurs autrefois habitées,
Vous désiriez avoir quelques sûrs documents
Sur ces anciens châteaux que détruisit le temps ;
On vous dirait qu'au bout de la plaine de Dèze
Autrefois s'élevait celui de Ladevèze,
Dont il ne reste plus qu'un vieux rempart détruit,
D'une couleur rougeâtre encore tout enduit,
Sur les débris duquel on trouverait à peine
De l'antique château de trace plus certaine.

Penché dessus les bords du sombre Gévaudan,
Lieux où se terminait par un site riant
D'un pays varié le charmant paysage
Et commençait Javols à l'aspect plus sauvage,
Presqu'au sommet d'un mont ou plutôt d'un rocher,
On le voyait de loin s'étendre et dominer
Sur les lieux d'alentour, et sa hauteur sublime,
Malgré la spacieuse et difficile cime
De cet inaccessible et somptueux palais,
Aux spectateurs surpris ne produisait l'effet
Que d'un roc sourcilleux, dont les pointes aiguës
Paraissaient surpasser même le haut des nues ;
Mais cette erreur qu'on doit n'attribuer qu'aux yeux
Ou plutôt, empruntant le ton sentencieux
Que donne à la science une chose inconnue ,
Cette erreur, qui ne vient que de ce que la vue
Veut s'exercer plus loin que le centre borné
Par Dieu même décrit à son activité,
Disparaît et venant toujours plus insensible,
A mesure qu'aux yeux est moins imperceptible,
Ce magnifique objet si digne d'attirer
Les regards du savant avide de trouver
Quelques signes certains qui lui montrent la place
Où furent ces seigneurs dont on ne voit plus trace,
Enfin l'on aperçoit sans ombre le château,
Tel qu'il est il paraît, aussitôt qu'il est beau !
Est l'unanime cri qu'inspirait cette vue,
Même à celui de qui peu de chose inconnue,
Arrache à la surprise en dix fois un aveu.

Ce qui faisait le beau de cet aimable lieu,
C'est que, presque privé de toute architecture,
On voyait peu que l'art eût aidé la nature;
Ou du moins s'il en a posé les fondements,
Elle a su dédaigner bien de vains ornements.
Enfin vous ne pourriez sans surprise me lire,
Si mon dessein était de vouloir tout décrire;
Mais sans trop m'écarter des bornes du sujet
Pour donner des détails peu dignes d'intérêt,
Avant de terminer cette faible peinture,
Je dirai que ces lieux chéris de la nature
Avec des jours séreins et remplis d'agréments
Enivraient de gaité leurs joyeux habitants;
Pomone, qui voyait ses fruits sans peine éclore,
Unissait ses présents aux doux présents de Flore,
Et l'on n'attendait pas pour cueillir les moissons,
Comme partont ailleurs, le retour des saisons.

C'est là que se livrant sans remords à la joie,
Mon héros, à l'erreur, sans s'en douter, en proie,
Fort peu s'inquiétait de sa réligion;
Tiède, Dieu le vouait à la perdition.
Mais il ne voulut pas que plus long-temps tranquille
Son âme fut rebelle au divin évangile,
Et pour toucher le cœur d'un seigneur orgueilleux
Dieu dût avoir recours aux moyens prodigieux.
Aussi de Sarrazin, qu'une indigne faiblesse
Retint pendant long-temps au sein de la molesse,

Secouera-t-il enfin le bandeau de l'erreur :
Et le voyant toucher au jour de sa grandeur
Que peut-être jamais il ne chercha lui-même,
Sur lui reconnaissons la volonté suprême,
Qui jetant sur les uns des regards paternels
Retire ses faveurs à bien d'autres mortels.
Loin de moi cependant la criminelle idée
De vouloir pénétrer la divine pensée!
Plaise au ciel que toujours maître de mes esprits
Je puisse dédaigner les fragiles appuis
Que se vantent d'offrir loin des règles sacrées
De philosophes vains les sectes égarées !
Mon Dieu j'adorerai votre bras tout puissant
Qui peut changer la pierre en enfant d'Abraham.
Illustre et saint martyr d'une inutile pierre,
En toi l'Éternel fit un pénitent sincère!
Courageuse brebis d'un courageux pasteur
Que ta longue constance inonda de bonheur,
Oui Saint-Privat te vit, toi sa noble conquête,
Devant de fiers bourreaux, plus fier lever la tête,
Et rempli d'une sainte et noble hilarité ,
Par ta constance enfin lasser leur cruauté !
Dis comment dans ta foi toujours plus invincible
En face des tourments tu fus inacessible ?
Ou plutôt reprenant d'un peu plus haut les faits,
De la grâce dis-nous la cause et les effets ?
Oh! combien grande fut l'inénarrable joie
Que ressentit ton âme à la torture en proie,

Quand tu sus qu'avec toi dans les prisons d'éta,
Merle avait ordonné d'enfermer Saint-Privat.
« Je pourrai, ranimé d'un avis salutaire,
» Disais-tu, détacher toujours plus de la terre
» Mes esprits languissants vers elle trop courbés
» Que les bourreaux peut-être auraient paralysés.»
Mais comment expliquer, sans la grâce divine,
Que ceux dont les efforts tendaient tous à la ruine
De la religion qu'apporta le sauveur,
Au lieu de la détruire, augmentent sa vigueur ?
Semble-t-il naturel d'associer ensemble
Jamais deux condamnés qu'un même crime assemble ?
Et ne devait-on pas craindre que le prélat
Rendit de Sarrazin plus sûr dans le combat ?

Oui sans doute, mais Dieu qui voulut de l'abîme
Retirer pour un temps le père de tout crime,
Afin de satisfaire à sa juste fureur,
Pour ses enfants toujours conserve un tendre cœur.
Aussi pour désarmer sa divine colère
Que faut-il ? la ferveur d'une ardente prière;
Un père est toujours père et même, s'il punit,
De ses coups il sait mettre un enfant à l'abri,
Et toujours l'entourrant du bienfait de sa grâce,
En faignant de frapper seulement il menace.
C'est ainsi, qu'attentif aux besoins de ses saints,
Souvent par sa bonté les efforts des humains,
Dont il fait ressortir, quand il veut, la faiblesse,
Ne sont rien qu'imprudence au prix de sa sagesse,

Et que, quand il s'agit d'accomplir ses décrtes,
Pour lui peuples et rois ne sont que des jouets.
A cette école, appris nos héros en prières
Versaient des pleurs secrets, abondants et sincères,
Sûrs que pour les sauver le père des humains
De leur persécuteurs rendrait les efforts vains.

Ils ne se trompaient pas, car la troupe fidèle
Aux ordres du Très-Haut avec, le même zèle
Attentive toujours demandait à l'envi
D'user sur les deux saints de son pouvoir ami.
Mais Dieu, qui quelque temps parut être en balance
Pour nommer l'ange saint qui de son ordonnance
Allait, signe éclatant d'une haute faveur,
Aujourd'hui devenir le prompt exécuteur :
«Enfin, s'écria-t-il, que Michel mon Archange
» S'envole sur la terre et desuite me venge;
» Dirige-toi d'un bond jusque dans le climat
» Où sont de Sarrazin et mon zélé prélat;
» Inspire à l'instrument de l'auteur de tout crime,
» Ce Merle qu'enfanta le ténébreux abîme,
» Que pour un temps cessant de les persécuter,
» Au fond d'une prison il les fasse jeter.»
L'Archange entend cet ordre et prompt dans sa missive,
Il s'éloigne aussitôt de la troupe attentive,
Et traversant les airs de climat en climat,
Vite comme un clin d'œil, il est au mont Mimat.
C'était l'heureux moment où de toute inquiétude

Nos deux saints délivrés faisaient leur propre étude ,
Pendant que dans les bras d'un pénible sommeil
Les fiers persécuteurs attendaient le reveil,
Afin de mettre au jour de nouvelles tortures
Que le démon soufflait à leurs âmes impures;
Alors s'affermissant dans leur religion ,
Nos héros se livraient à la réflexion,
Méditaient en secret les vérités sacrées
Que le sauveur du monde a de son sang scélées,
Puisaient à cette source un courage étonnant
Et rendaient toujours vain l'effort le plus constant.

C'est à cette heure-là que d'un bonnet énorme
L'Archange se couvrant, prend la taille et la forme
D'un vieillard aux combats dès long-temps aguerri
Et se dit des chrétieus implacable ennemi.
Dans la tente de Merle avec un doux visage
Il entre et son regard le trouble et l'encourage :
« O toi, dont le seul nom est aux chrétiens fatal,
» Qui sais joindre à l'honneur d'être bon général
» Un titre, lui dit-il, beaucoup plus honorable
» Aux sectateurs du Christ qui te fait redoutable,
» De sa religion, dont toujours j'eus horreur,
» Je suis, ainsi que toi, zélé persécuteur
» Et ne voudrais rien tant qu'aidé de ton office
» A l'univers surpris rendre le grand service
» D'asservir pour jamais par d'indignes liens
» Les actes odieux des mystères chrétiens;

» Aussi du haut des cieux où me plaça la rage,
» Que m'inspira toujours cette secte sauvage,
» Ai-je admiré les grands et surprenants ressorts
» Que pour les perdre avaient inventés tes efforts;
» A torturer Privat ta constance invincible
» Inonda mes esprits d'une joie indicible,
» Et plus tard les tourments que sur de Sarrazin
» Essaya ton ardente et courageuse main,
» Me firent espérer qu'encore sur la terre
» Peut-être revivrait ma constance sévère;
» C'est pourquoi désirant de voir finir en eux
» L'abominable nom de ces quelques furieux,
» Aujourd'hui je voudrais inspirer à ton âme,
» Que, semblable à la mienne, un divin zèle enflamme
» De ne plus rien tenter sur ces deux effrénés :
» Que par ton ordre ils soient tous les deux enfermés
» Dans une prison noire, où, loin de toute aisance,
» Ne puisse pénétrer la plus faible assistance,
» Prenant surtout bien soin qu'il ne puissent mourir,
» Car leur secte attentive et prompte à tout saisir,
» En tous lieux pronerait leur désobéissance,
» Engageant les vivants à braver la sentence,
» Et chose surprenante, à laquelle autrefois
» Je refusai souvent même d'ajouter foi,
» Et dont m'a convaicu depuis long-temps mon zèle,
» C'est que du sang chrétien s'engendre le fidèle.»

Il dit, et Merle alors n'attend que le réveil
Pour faire exécuter le céleste conseil.

En effet dès qu'il voit, dans la plaine Éthérée,
Sur son char lumineux l'aurore transportée
Répandre par degrés ses insensibles feux,
Avant que le soleil ait éclairé les cieux,
Il ordonne à ses gens d'exécuter desuite
La sentence qu'au ciel ont nos deux saints écrite.
« C'est assez, leur dit-il, nous montrer inhumains,
» Jusqu'ici les tourments contre eux ont été vains,
» Encore leur vertu n'en est point affaiblie,
» Plutôt que de céder ils donneront leur vie.
» Mais comme moi, mes fils, trop grand est l'intérêt
» Qui vous fait désirer de voir un prompt effet
» Couronner de succès une si belle cause,
» Pour qu'à mes grands desseins aucun de vous s'oppose.
» Hâtez-vous et feignant d'exalter mes bienfaits,
» De ma part portez leur des paroles de paix,
» Et dites leur qu'enfin une douce indulgence
» Dans mon cœur a fait place à la soif de vengeance,
» Et que pour épargner et le rang et le nom,
» Je me contenterai de les mettre en prison,
» Qu'ensemble ils penseront à ce qu'ils ont à faire,
» Prenant garde surtout de ne pas me déplaire.»
Il finit et bientôt nos héros réunis,
Du plaisir de se voir sont long-temps tout remplis;
Plus près de Saint-Privat de Sarrazin s'avance
Et plein d'émotion laisse tomber ces mots:
» O vous! qui m'épargnez de déplorables maux,
» Dont le zèle autrefois me donna le courage
» De briser les liens de l'indigne esclavage,

» O ù depuis si long-temps me retenait satan ,
» Que ne fit pas alors votre effort éclatant !
» Oh! combien l'heur est vif que mon âme en éprouve,
» Quand près de succomber pour m'aider je vous trouve,
» Ranimez-moi, cette âme est prête à m'échapper,
» Mon fils, dit le prélat , aux douleurs éprouvée
» Ta vertu sans ma voix est assez ranimée;
» Que pourraient sur ton cœur mes debiles accents,
» Qu'éteindre en toi des feux sans cesse renaissants !
» Raconte donc plutôt à mon âme étonnée
» De ta conversion l'histoire détaillée ,
» Que tu m'avais déjà promise plusieurs fois,
» Avant que l'empereur proscrivit notre foi. »

CHANT TROISIÈME.

SOMMAIRE.

Au troisième chant commence l'histoire — De Sarrazin, après
un exorde touchant, raconte la mort de son père et de sa mère ,
sa désolation et sa fuite à Rome. — Suit une pompeuse description de la campagne de Rome et de Rome elle-même.

« Hélas faut-il encor qu'à ma triste mémoire
De mes égarements vous rappeliez l'histoire ,
Reprit de Sarrazin! faut-il qu'à mes esprits
Se présentent encor ces malheureux récits !

Faut-il que devenant l'instrument de ma honte,
Vous en rendant témoin, ma bouche vous raconte,
Des actes sur lesquels je voudrais qu'hors d'ici
On jetât pour toujours le voile de l'oubli!
Mais puisque cependant votre grandeur l'ordonne,
Je mets ma confiance en celui qui pardonne;
Persuadé que Dieu ne rejette jamais
Un cœur épouvanté de ses anciens forfaits;
Importun souvenir dont mon âme affligée,
De quelque crime, hélas, qu'elle ait été souillée!
Si son cœur donne accès à quelques repentirs,
Doit exclure à jamais d inutiles soupirs!
C'est pourquoi pénétré d'une douce espérance,
Je n'hésite pas plus qu<a ma bouche commence,
Et suivant pas à pas le déplorable cours
Qui m'a fait au péché donner mes plus beaux jours,
Arrive enfin au but que la grâce infinie
De toute éternité réservait à ma vie.
Trop tard je vous connus et mes esprits charmés
Du jour que vous donniez aux grandes vérités
Dont nulle n'échappait à votre âme inspirée,
Sécouèrent enfin la chaîne empoisonnée,
Qui depuis si long-temps dans d'indignes liens
Retenant mes esprits, me cachait les vrais biens.
Enfin j'ouvris les yeux à la belle lumière,
Que méconnut jadis mon aveugle paupière,
Et c'est depuis ce jour, que je n'oublierai pas,
Que la vie eut encor pour moi quelques appats;
C'est-à-dire qu'alors, ayant en paix mon âme,

En vain les passions dont l'impuissante flamme
M'avait creusé jadis un précipice affreux,
Purent me présenter et leurs ris et leurs jeux.
J'ai fait taire la voix de la concupiscence ....
Mais acceptez, prélat, de ma reconnaissance
Le tribut que mon cœur brûle de vous offrir.
Finissons de louer encor un repentir ,
Dont sur vous rejaillit la véritable gloire,
Et puisque vous daignez l'appeler ma victoire',
Rendez quelques instants attentifs vos esprits,
Je vais, les pleurs aux yeux, commencer ces récits.

Depuis déjà vingt ans mon infortuné père,
Que de près au tombeau suivit ma pauvre mère,
Succomba d'une digne et courageuse mort,
Signalant son trépas par un illustre effort,
Faible adoucissement d'une perte si grande!
Mais quand le juste ciel de notre part demande
De faire un sacrifice ou pesant ou léger,
Est-ce à nous à nous plaindre ou même à murmurer ?
Cependant, devant vous , honteux je le confesse,
Mon cœur en ressentit une telle tristesse,
Que dans mon désespoir ma douleur accusait
Le Dieu qui de mon père à jamais me privait.
» Dieux cruels, m'écriai-je , entendez ma prière,
» Ferez-vous éclater sur moi tant de colère? »
Invoquant tour-à-tour chaque habitant des cieux,
Je les conjurais tous de se rendre à mes vœux.

3

'A ses mânes chéris croyant rendre service,
J'immolais de mes mains une belle génisse,
Ne sachant pas, hélas! que mon cœur abattu
S'adressait à des dieux sans force et sans vertu.
Las de prier en vain , mon désespoir extrême
'A ma bouche inspirait un horrible blasphème;
Ah! que mes sentiments étaient encore loin
D'être ce qu'aujourd'hui, grâces à votre soin ,
De Dieu les a rendus l'exacte connaissance!
Qui m'inspirait alors une telle arrogance ?
Que me devait à moi la divine bonté ,
A moi qui rejetai souvent avec fierté
Long-temps les dogmes saints! Mais quelle est de sa grâce
Quand il le veut, la prompte et précieuse efficace!
Pour moi, qu'il a souvent comblé de ses bienfaits,
De la grâce apprenez les sublimes effets.
Mes cheveux déjà blancs, à l'âge où les années
Ne posent pas encor sur nous leurs mains glacées,
Mes membres, que le ride encor n'eût pas courbés,
Mais qu'a dans un cachot un vil repos rouillés,
M'excuseront un peu si quelque défiance
S'efforçait de lasser ma pénible constance;
Car depuis bien long-temps la lumière des cieux
Par l'ordre des tyrans, comme éteinte à mes y'   ,
De la terre et de l'air me dérobait la vue,
Mais du persécuteur la sentence connue
Ranima quelque peu mon esprit abattu;
J'espérais que par vous recouvrant ma vertu,
En moi je trouverais encore ce courage,

Qui me fit des tyrans jadis braver la rage.
Mon espoir n'est pas vain, et ce n'est qu'à regret
Que de mes actions dévoilant le secret,
Je me vois obligé de passer en revue
Toute infidélité, même la moins connue.
Trop long-temps insensible à l'importune voix,
Qui toujours me criait d'assujettir ma foi
Aux mystères sacrés, dont mainte œuvre divine
Sans cesse me prouvait la divine origine :
Depuis peu j'avais vu se convertir ma sœur,
Et tous les jours aussi redoubler sa ferveur,
Sans que tant de vertu dans un sexe débile,
M'eût donné plus d'ardeur pour le saint évangile.

Surtout qu'à cette époque, en seigneur orgueilleux ;
A Rome m'entraîna mon désir curieux ;
Car vous savez, prélat, que n'aller pas à Rome,
C'est en quelque façon n'être plus gentilhomme.
Je me laissai guider alors par mon orgueil,
Méprisant de ma sœur le rebutant accueil.
Je ne sais si je dois d'être aujourd'hui fidèle
A l'opiniâtreté que j'eus d'être rebelle ;
Ni pleurs réitérés, ni supplications,
Rien ne put ébranler mes résolutions ;
Et si je me repents, au milieu de l'orgie,
D'avoir perdu les jours les plus beaux de ma vie,
Je rends grâces à Dieu de m'avoir attiré
Dans les lieux où mon cœur, de douleur pénétré,
Commença de sentir que, de tous méprisé,

La secte des chrétiens est par Dieu protégée.
Je vis, sans le vouloir, le saint prélat Fabien,
Qui depuis peu de temps à l'univers chrétien
Dictait de douces lois, à l'exemple de Pierre,
Tendre sa noble tête à l'arme meurtrière.
Bientôt les Polycarpes, Irénée et Pothin
Ébranlèrent encor mon esprit incertain
Et de ces saints Prélats le célèbre martyre,
Comme un arrêt de mort fut fatal à l'empire,
Car de leur sang fécond mille et mille chrétiens
Aspiraient aussitôt à la palme des saints.

Mais pourquoi mon histoire aussi vite contée
Déjà sur les chrétiens fixe votre pensée?
Donnons plutôt ici de plus amples détails
Sur la ville aux sept monts, vastes épouvantails,
Rome qu'en aucun temps nul voyageur n'eut peine
A nommer des cités la plus belle et la reine.
Sans doute l'on vous a tracé plus d'un tableau
Peignant au naturel le spectacle si beau
Qu'offre à tout étranger la campagne romaine;
Mais peut-on en avoir une idée assez saine,
Si l'on n'a de ses pieds foulé le sol vainqueur
Et puisé dans sa source un magnanime cœur?
Eh bien! figurez-vous de Tyr et Babylonne,
Contre qui l'éternel par ses prophètes tonne,
Le veuvage stérile et l'inanition,

D'où semble retentir la malédiction.
Effroyable rumeur, majestueux silence,
Continuel tumulte et solitude immense,
Tel est des environs l'exact panorama.
Mais insensiblement si vous portez vos pas
Jusqu'à l'intérieur de ces profondes plaines,
Alors que verrez-vous? de hautes tours romaines,
Dont la monotomie, éblouissant les yeux,
Ajoute de la pompe aux vides de ces lieux,
Où l'étranger, surpris de ne trouver personne,
Interroge la tombe et de crainte frisonne;
Des vestiges séchés où des torrents d'hiver
Les eaux tracent leurs cours par un murmure fier,
Semblables à rien moins, du plus loin aperçues,
Qu'à des chemins passants et des routes battues,
Ne sont, quand on est près, que des lits orageux
D'une onde qu'a chassée un seul jour, où les feux
Du soleil éclairant leur déserte surface,
D'un atmosphère lourde ont enfin pris la place;
D'arbres vous découvrez rarement le tableau;
Mais aussi trouve-t-on quelquefois un tombeau,
Plus loin un aqueduc, images étonnantes
De bois majestueux, ou de piteuses plantes,
Indigènes enfants de la cendre des morts
Et de vastes débris que d'illustres efforts
Ne purent empêcher de devenir poussière.
Souvent dans une plaine où ma lente paupière
Tristement étendait ses regards étonnés,

J'ai cru voir des moissons, dont les épis dorés
N'étaient réellement rien que des herbes nues
Qui, quand je m'approchais, de vigueur dépourvues,
Paraissaient me vouloir reprocher sèchement
De venir les troubler dans leur abattement.
Oiseaux, ni laboureurs, ni champêtres usages,
Ni troupeaux, rien enfin, pas même des villages,
Ne donnent le moindre air de quelque activité
Aux sombres environs de la grande cité,
De sorte qu'au milieu de ces royaumes vides,
Quand on voit tout-à-coup, comme sept pyramides,
De la ville éternelle apparaître les monts,
On sent, je ne sais quoi, de ces troubles profonds
Qu'éprouvaient autrefois les esprits des prophètes,
Quand Dieu leur figurait élevé jusqu'aux faîtes
Le miroir d'une ville, où, d'après ses desseins,
De son peuple il avait attaché les destins.
Mais d'après ce tableau, peut-être à votre idée
La campagne Romaine aride et dénuée
Sera tout ce qu'on peut trouver de plus affreux;
Point du tout, la grandeur n'échappe point aux yeux;
Au contraire on est prêt, en voyant cette terre,
Toujours à s'écrier : « Salut, auguste mère
» De César, de Pompée et du grand Cicéron,
» Terre qui de Saturne as mérité le nom ; »
Si quelqu'un, à l'abri de toute inquiétude,
Peut à loisir donner un grand temps à l'étude,
C'est à Rome qu'il doit contempler les beaux-arts.

Libre est-on des liens, dont presque tous ont parts,
A Rome terminez votre inutile vie;
L'imagination de beaux pensers nourrie,
En occupant le cœur, y charme les esprits;
Là tout a son langage, et même les débris,
Tout en nous rappelant la majesté romaine,
Nous montrent le néant de la grandeur humaine.

Pour ma félicité peut-être ou mon malheur
C'est là que me poussa ma curieuse ardeur
Et qu'entraîné long-temps par mon mauvais génie,
A toute iniquité j'accoutumai ma vie,
Et ma longue habitude étouffant le remords
Plongea de plus en plus mon âme dans la mort,
Et dans le sentier large et commode du vice,
Après avoir été bien peu de temps novice,
Je fis, sans m'en douter, de rapides progrès,
Au point qu'épouvanté des funestes succès,
Où ma vertu faisait un aussi prompt naufrage,
Pour la mettre à l'abri n'employant nul usage,
Je perdis tout-à-coup même jusqu'à l'espoir,
Et pour moi redoutant un fidèle miroir,
A mes penchans pervers sans opposer de digue,
Tout moyen me fut bon jusqu'à l'indigne brigue.
Mais vous pensez déjà par ce court exposé
Que des traits de l'amour mon tendre cœur blessé,

Afin de contenter sa passion ardente,
De traits plus dangereux perça mon âme aimante,

CHANT QUATRIÈME.

SOMMAIRE.

Enfin commence à s'entrevoir l'intrigue du poème -- De
Sarrazin se perd dans les catacombes. -- Magnifique description
du monument. -- Son effroi; chant des chrétiens. -- Il franchit
le redoutable seuil.

« De la lune déjà dormant sur le gazon
Les rayons veloutés éclairaient l'horizon
Et d'une sombre nuit tempérant les ténèbres
Adoucissaient l'horreur de ses voiles funèbres.
C'était l'heure où s'entend soupirer le malheur;
Où gémissent ensemble et le frère et la sœur,
Où le père affligé, que la tendresse inspire,
A son épouse en vain, par un trompeur sourire,
De ses cuisants chagrins veut cacher les récits ;
Mais sa sollicitude éveille les soucis.
De l'astre tremblotant tandis que la lumière,
Jouet d'un doux zéphir, soulevait la poussière
Devant moi répandant un jour faible et douteux,

Dans la ville égaré, des mortels malheureux
Mes esprits étonnés reconnurent l'asile.

C'est là, jeune beauté, qu'à ton secours utile
Je dus non seulement de ne m'égarer pas,
Mais encor d'échapper au plus affreux trépas.
Pardonnez, grand prélat, à ma première flamme
D'avoir encor assez d'empire sur mon âme
Pour pouvoir m'arracher un amoureux soupir;
De l'objet qu'on aima doux est le souvenir.

Un jour je visitai la fontaine Egérie,
Monument éternel de la sainte manie,
Qui parmi les Romains a fait du roi Numa
Une illustration qu'alors on me nomma,
Et traversai pensif en méditant encore
Sur les beautés dont Rome orgueilleuse s'honore;
Alors je vis au loin un endroit écarté,
Où brillait par instants une pâle clarté,
Qui parfois devenant même assez éclatante,
Tout d'un coup s'éteignait et laissait dans l'attente
Mes esprits étonnés qui ne désiraient rien
Comme de voir de près le monument ancien.
Je m'avance et guidé par un espoir frivole
Déjà du monument j'admire l'auréole,
Et des flambeaux suivant la mourante lueur
Je n'hésite pas plus que ma brûlante ardeur

Contente son désir de tout voir et connaître,
Désir qu'elle reçut en même temps que l'être.
Mes regards scrutateurs également surpris
Et de la majesté de ses pompeux débris,
Dans lesquels le Romain fit une brèche immense,
Qui de ses monumens façonna l'élégance,
Et des enfoncemens obscurs et dangereux,
Qui du noir souterrain font un asile affreux,
Errant avec effroi dans la funèbre enceinte
Oublièrent, hélas! du vaste labyrinthe
Les sinuosités, dont les hommes toujours
Peut-être iguoreront les surprenants détours.
En effet, vous voyez mille et mille avenues,
Où viennent aboutir des routes inconnues,
Qui croisant en tout sens d'innombrables côtés
Ne font qu'abandonner à des perplexités,
De sorte que souvent pour sortir du dédale
On s'y perd davantage.... Et la mort au teint pâle
Vient aussitôt offrir à ces livides cœurs
L'effrayante agonie et ses lentes horreurs.
Ce n'est pas une mort qu'accompagne la gloire,
Qui puisse procurer une illustre mémoire,
Mais cette horrible mort, par son supplice lent,
A la cruelle faim pour fidèle suivant,
La faim dont les accès douloureux et terribles
A leurs vifs aiguillons trouvent toujours sensibles.
Cependant j'entendais répéter à la fois
Des cantiques sacrés par de charmantes voix.

C'est là que les chrétiens bravant l'ordre sévère,
Qu'à l'empereur avait arraché la colère,
S'unissaient en secret dans ces noirs souterrains,
Conjurant l'éternel de veiller sur ses saints.
Précisément alors prosternée en prière
La troupe célébrait le saint anniversaire
De la nativité de leur commun sauveur,
Et leur chants redoublés ajoutant à l'horreur
De ces antres profonds jusqu'au voûtes sonores,
L'écho qui répondait d'effroi glaça mes pores:

« L'éternel exauce nos vœux,
» Répétait sourdement la pierre funéraire,
» Abaissant les hauteurs des cieux
» Le juste descend sur la terre
» Ainsi qu'un beaume salutaire,
» La vierge enfante le sauveur.
» Cet auguste et divin mystère,
» Les anges l'annoncent en chœur.

« Des prophètes ainsi s'expliquent
» Les endroits les plus ténébreux,
» Que devant toi, les rois abdiquent
» Leur couronne et t'offrent des vœux,
» Que devant toi, toute la terre,
» Cessant d'être race adultère,
» Dans un héroïque cercueil,

» Mon sauveur, mon roi débonnaire,
» Ensevelisse son orgueil.
» Pour relever notre bassesse,
» Le créateur se fait enfant;
» A sa puissante faiblesse,
» Peuples, offrez de l'encens.

» Accourez, peuples infidèles,
» Avec la troupe des bergers;
» Laissez vos Dieux sourds et muets
» Et soumettez vos fronts rebelles.
» Voyez les amours éternelles
» Du puissant souverain des cieux
» Et déssillez enfin vos yeux.

» Des prophètes ainsi s'expliquent,
» Les endroits les plus ténébreux,
» Que devant toi, les rois abdiquent
» Leur couronne et t'offrent des vœux.
» Que devant toi, toute la terre,
» Cessant d'être race adultère,
» Dans un héroïque cercueil,
» Mon sauveur, mon roi débonnaire,
» Ensevelisse son orgueil.
» Pour relever notre bassesse,
» Le créateur se fait enfant;
» A sa puissante faiblesse,
» Peuples, offrez de l'encens.

» Les mages vous montrent la voie;
» La nouvelle et sainte cité,
» Où réside la vérité,
» Remplira votre âme de joie;
» Suivez l'astre miraculeux,
» Que par eux le ciel vous envoie.
» Il guidera vos pas chanceux.

———

» Des prophètes ainsi s'expliquent
» Les endroits les plus ténébreux,
» Que devant toi les rois abdiquent
» Leur couronne et t'offrent des vœux.
» Que devant toi toute la terre,
» Cessant d'être race adultère,
» Dans un héroïque cercueil,
» Mon sauveur, mon roi débonnaire,
» Ensevelisse son orgueil.
» Pour relever notre bassesse,
» Le créateur se fait enfant;
» A sa puissante faiblesse
» Peuples, offrez de l'encens.

» Descendant du haut de son trône
» Il tresse à l'homme une couronne
» Que lui réserve son amour
» Dans le céleste et beau séjour.

4

» Descendant du haut de son trône
» Il tresse à l'homme une couronne
» Que lui réserve son amour
» Dans le céleste et beau séjour.

» Daignez, esprit saint, dans mon âme,
» Allumer par vos feux sacrés
» La céleste et divine flamme
» Dont brûlent les prédestinés.

» Descendant du haut de son trône
» Il tresse à l'homme une couronne
» Que lui réserve son amour
» Dans le céleste et beau séjour.

» Daignez, esprit saint, dans mon âme,
» Allumer par vos feux sacrés
» La céleste et divine flamme
» Dont brûlent les prédestinés. »

—

Tels étaient les doux chants que la sainte assemblée
Modulait d'une voix joyeuse et cadencée,
Pendant qu'on célébrait les mystères sacrés.
Mes pas n'osaient franchir les lambris redoutés ;
Je sentais, je ne sais, quel trouble involontaire,
Qui n'a rien de commun avec ce que fait faire
Dans des timides cœurs une sotte terreur.

La crainte a peu d'accès dans l'âme d'un seigneur.
Et quoique par instant à la sollicitude
Me portât malgré moi ma vive inquiétude,
Que naturellement mon état accablant
Chez tout autre eut rendu d'un effet allarmant;
J'hésitai très long-temps à troubler l'harmonie,
Qui dans ces lieux profonds poussait la foule amie,
Toujours entreprenant quelques nouveaux chemins
Où la peur conduisait mes esprits incertains.
Mais écoutant enfin la voix intérieure,
Qui me dit de gagner la nef supérieure,
Dans l'espoir de trouver à mes maux quelque appui,
Pour suivre de ces lieux sans crainte les replis,
Je tâche à décider mon âme consternée
D'oser franchir le seuil de l'enceinte sacrée. »

CHANT CINQUIÈME.

SOMMAIRE.

Sentence du lecteur. — Murmure confus des chrétiens. — Agonie. — Réveil. Occitanise confidente de l'impératrice. — Il devient confident intime de l'empereur.

O surprise, ô terreur, importun souvenir
Qu'encore je n'ai pu de mes pensers bannir !

A peine ai-je suivi l'audacieuse idée,
Qui me disait d'oser d'un pas franchir l'entrée
Du vestibule saint, asile redouté,
Que j'entends prononcer avec sévérité
Par un simple lecteur des paroles farouches
Que dans un seul instant redirent mille bouches :
« Quel profane s'avance en ces mystiques lieux
» Et vient par sa présence indisposer les cieux,
» Que des vœux innocens et de purs sacrifices
» A nous entendre avaient déjà rendus propices ?.....»
Aussitôt les chrétiens par un murmure sourd
Firent tous retentir le ténébreux séjour,
Et chacun répétant ces terribles paroles
Étouffa dans mon cœur des prétextes frivoles.
Mais alors imposant silence à l'assemblée,
Le lecteur poursuivit d'une voix courroucée :
« Qu'il s'éloigne et jamais que ses pas criminels
» N'osent de son aspect souiller les saints autels, »
Et prenant une voix un peu plus modérée,
« A moins qu'il n'en demande avec respect l'entrée. »
Ce ton haut, tempéré d'une grave douceur,
Sur mes sens produisit une telle terreur,
Que malgré moi cédant aux mouvements de crainte,
Qui poussèrent mes pas dans la terrible enceinte,
Tandis qu'ils auraient dû les tenir éloignés,
Mon âme m'abandonne et de force privés
Mes genoux succombant au poids qui les entraîne
Jettent mon corps souffrant sur cette froide arène....
Terrible et prompt effet, qui me fit tout-à-coup

prouver de la mort un funeste avant-goût !
ais grâce aux tendres soins de cette providence,
ui du mal fait un bien, de l'humaine prudence
éduisant à néant les efforts concertés,
uand de plus grands desseins par lui sont médités;
our la première fois je compris de la grâce
ans cette occasion l'étonnante efficace;
ans qu'encor mes pensers vers Jésus plus portés
sa religion cessent d'être opposés.
Mais ma vertu long-temps à mille assauts livrée,
A mille passions devait donner entrée.

Quand, après un sommeil plus cruel que la mort,
Je revins à la vie après un dur effort,
Je vous laisse à penser quelle fut la surprise,
Qui de félicités rendit mon âme éprise.
On voyait s'élever dans le sombre réduit
D'une alcove enfoncée, où le plus faible bruit
Pour pénétrer n'aurait pu rencontrer d'issue,
Un lit que recouvrait une toile tissue
Avec un art exquis et par d'adroites mains;
C'est là que, séparé du reste des humains,
On avait avec soin porté mon corps débile
Afin de m'épargner une crainte stérile.
Peut-être espérez-vous apprendre le secret
Des causes que suivit un si brillant effet?
Mais dans tous ses détails de moi-même igorée,
Cette histoire ne peut vous être racontée;
Et même l'on m'en fit un mystère si grand,

Que tout me semble encor comme un enchantement.
Mais ce qui n'est rien moins qu'une chose certaine,
C'est que le tendre cœur d'une illustre Romaine
S'était blessé pour moi d'un amour violent,
Qui n'a rien de commun avec l'attachement.

De ses attraits vainqueurs encor mon âme éprise
Aime à se rappeler le nom d'Occitanise,
Qui de l'impératrice étant dame d'honneur,
Dans peu de temps me mit à la cour en faveur.
Mais comment ce fait-il que sans être chrétienne,
Occitanise ait pu de ma cuisante peine
Apprendre ou deviner les détails étonnants ?
A-t-elle pénétré dans les ténébreux flancs,
Où les chrétiens zélés, à l'abri des ruines,
Pouvaient, à leur loisir, des paroles divines
Méditer en secret le véritable sens ?
On ne peut le penser, la splendeur de son rang
L'obligeant à jurer une haine éternelle
A la secte qu'alors on traitait d'infidèle ;
A moins qu'à la faveur d'une profonde nuit
Elle se dérobât, dans cet obscur réduit,
Au tumulte qu'engendre aux cours empoisonnées
Un amas de faveurs sur un front entassées,
Pour venir abjurer un moment sa grandeur
Auprès d'un Dieu préchant l'humilité de cœur.
Ou peut-être elle aurait suivi l'impératrice,
Qu'on pourrait supposer se montrant moins propice
A des Dieux qu'elle adore ainsi que l'empereur,

Tout en les detestant dans le fond de son cœur.
Mais pendant tout le temps qu'à son amour fidèle
Je la vis m'entourer de son pudique zèle,
Malgré l'attention qui me fit à ses pas
Attacher mes regards ainsi qu'à ses appâts,
Je ne pus découvrir jamais aucune trace
Qui me fit soupçonner que Jésus de sa grâce
Daignât combler ce cœur que jamais les plaisirs
Ne trouvaient accessible aux moindres repentirs;
Même dans ses discours il eut été facile
De juger qu'elle avait pour le saint évangile,
Non pas un naturel et magique penchant,
Mais de l'aversion et de l'éloignement;
Traitez, si vous voulez, mon histoire de fable,
Avouez qu'elle est même assez peu raisonnable,
Je goûte votre avis et suis à concevoir
Comment s'est accompli ce que je ne pus voir.
Mais, surtout chez les grands, quand l'amour est extrême
On s'est bientôt soumis le tendre objet qu'on aime.

J'avais donc, je ne sais comment, conquis son cœur
Et par là dans l'empire obtenu la faveur
Et du prince et des grands, qu'un accès si facile
Anima contre moi d'une crainte futile.
Car plus l'on est en grâce et plus auprès de soi
On doit craindre la haine et la mauvaise foi.
César me fit bientôt son confident intime,
Je ne méritais pas une aussi grande estime!

CHANT SIXIÈME.

La belle Occitanise avec un ris trompeur
Me répétait sans cesse : « oubliez votre sœur,
» D'un cœur qui m'appartient je ne veux nul partage,
» Tel est d'un amour vrai le véritable gage ;
» Quoi ! vous m'aimez toujours et ne pouvez bannir
» D'une sœur que je hais le triste souvenir !
» Cruel, n'attristez pas encore ma pensée !
» Qu'en vous je ne sois pas comme en tous détrompée.
Et puis, se repentant de laisser son secret
Échapper de nouveau de son cœur indiscret,
Elle semblait tomber dans une rêverie,
Qui me faisait toujours redouter pour sa vie,
Chose extraordinaire et peu digne de foi,
C'est que tout ennuyé que j'étais de sa loi,
Je tremblais de briser, honteuse inquiétude !
Des liens que j'avais trop pris en habitude,
Et qu'insensiblement, quoiqu'à ma sainte sœur

J'eusse dû conserver toujours un tendre cœur,
Charmé des beaux attraits de mon Occitanise
Dans ses fers suborneurs mon âme était éprise ;
Et, pourrai-je le dire aujourd'hui sans rougir,
De ma sœur je n'eus plus qu'un confus souvenir.
Avait-elle cessé de se montrer chrétienne ;
Ou, pour mieux la contraindre à demeurer païenne,
L'avait-on exposée aux plus cruels tourments ;
La crainte lui fit-elle abjurer ses serments ;
Ou peut-être, au-dessus de son sexe élevée,
Déjà de sa constance est-elle couronnée ?

Aucun de ces pensers n'occupait mes esprits,
Lorsque je vis s'offrir à mes regards surpris
L'officier Sébastien, qui revenant des Gaules
Après avoir chargé de lauriers ses épaules,
Me portait un billet que ma sœur lui remit
Contente de savoir, ce que j'étais, de lui :

« Que ton infortunée et tendre sœur Flavie
» Voudrait encor pouvoir te presser dans ses bras !
» Mais, si j'ai craint long-temps pour ta mortelle vie,
» J'ai bien plus redouté que ta vertu ravie
» N'allât chercher à Rome un désolant trépas.

» Car Rome, mon cher frère, est un de ces asiles
» Où de se perdre on court très souvent le danger ;
» Où, quand on est perdu, des remords inutiles
» Ne présentent jamais des refuges tranquilles
» A qui des passions suit l'appât mensonger.

» Fuis donc Rome, de peur que d'un triste naufrage
» Ta facile vertu devienne le jouet
» Et crains que le torrent, je dirai mieux, la rage
» Des vices où la cour journellement t'engage,
» Aux yeux de Dieu te rende un misérable objet.

» De ta sœur daigne croire encor l'expérience,
» Tout ce qu'elle te dit ce n'est que d'amitié ;
» Par ton exemple viens exciter sa constance,
» Que des cieux devrait seule animer l'espérance,
» Mais qu'encor décourage un peu de pitié.

» Quand mon cœur dépouillé de ce vase d'argile
» Pourra-t-il s'envoler en paix au sein de Dieu,
» Pour ne plus redouter la colère inutile
» D'un tyran dont le sort ne peut être tranquille,
» Tant que nous sommes loin des parvis du saint lieu ?

» Mais pour déterminer ton ardeur indécise
» A devenir plus douce envers le nom chrétien,
» Je vais faire connaître à ton âme surprise
» Le songe, dont je suis encore tout éprise
» Et dont j'ose espérer pour toi le plus grand bien.

» Quelque temps je me crus de tous mes soucis libre,
» Et certes, dans mon cœur je n'ai pas une fibre
» Qui n'aime quelquefois à se ressouvenir
» De tous les agréments dont je pouvais jouir.
» J'habitais, disait-elle, un palais magnifique,

» D'un côté j'entendais une belle musique,
» Qui parfois des esprits et de l'air et des eaux
» Rendait, en s'y mêlant, l'accord plus fantastique,
» Et le concert qui fait résonner mes vitraux,
» Agréable à mes sens, charme aussi mes oreilles;
» Plus loin des mets exquis, des danses et des veilles,
» Des chants, des jeux bruyants et des plaisirs nombreux,
» (Du bonheur j'ai bien su que ce n'est pas la voie)
» Tout enfin m'invitait à partager la joie
» Que m'inspiraient ces cœurs que je croyais heureux.

» Quoi qu'il en soit pourtant sous la haute croisée
» De ce palais où tout me semblait enchanté,
» Un superbe jardin à ma vue étonnée
» Des dons de la nature étalait la beauté,
» Que l'on avait de plus embellie et parée
» Avec beaucoup de goût, mais pourtant avec fard,
» De tous les ornements que peut exiger l'art.
» Pendant que tour-à-tour j'admirais les merveilles
» Qui sans cesse s'offraient à mes yeux étonnés,
» Et que songeant d'avance aux gaietés sans pareilles,
» Qu'allaient me procurer ces beaux lieux enchantés,
» Je disposais mon cœur aux nombreuses délices
» Dont tous ces vains plaisirs n'étaient que les prémices
» Tout-à-coup j'aperçus se plaçant devant moi
» (O la plus détestable et triste souvenance
» Et qui pourrait causer un dangereux émoi !)
» Un effroyable spectre, enfant de la souffrance.
» Non jamais un mortel ne pourrait concevoir

» L'effet que fit sur moi son affreuse présence.
» Son front était couvert d'un triple manteau noir,
» La pâleur de la mort sur son teint répandue
» Et ses yeux enfoncés dans leur orbite creux,
» Et la crainte naissait de ses regards affreux,
» Les pleurs continuels avaient faibli sa vue,
» Son crâne était cerné de difformes serpens
» (Horrible diadème) et ses mains desséchées
» Et de glaives rougis et de fouets sanglants,
» Pour punir les humains, sans cesse étaient armées.
» L'inénarrable horreur et le cruel effroi,
» Qui s'étaient emparés, en le voyant, de moi,
» Du moindre mouvement me rendaient incapable ;
» Tout d'un coup je sentis mes cheveux se dresser
» Et par degrés mon sang aussitôt se glacer,
» Lorsque le monstre affreux, terrible, épouvantable,
» Commence à me saisir avec ses bras puissants,
» Afin de m'entraîner loin des chères délices,
» Dont j'avais résolu de contenter mes sens,
» M'emportant à travers de rudes interstices
» Et des chemins d'épine et de ronces jonchés,
» Même je remarquai que partout sa présence
» Presque à l'instant fanait la verdure des prés.
» De malsaines vapeurs les airs sont infectés
» Et longtemps le soleil à la mortelle engeance
» refuse de ses feux l'éclat resplendissant,
» Capable d'exciter dans les cœurs l'espérance
» Et de regrets plaintifs un long gémissement
» Suivi d'une incessante et lugubre prière,

» Inspire la terreur à la nature entière,

» Qui semblait n'exprimer qu'un spectacle effrayant.

» Tandis que vis-à-vis du tableau lamentable,

» Qui venait de s'offrir à mes yeux consternés,

» Dans mon cœur se formaient de sinistres pensers,

» Mon guide affreux sortit de sa bouche effroyable

» Ce désolant discours qu'alors il m'adressa :

» Tu n'es, comprends-le bien, me dit-il, ici-bas

» Que comme dans un lieu de rapide passage,

» Et le plaisir n'est point de l'homme le partage,

» Si parfois les humains s'enivrent de plaisir,

» Ils seront tôt ou tard appelés à souffrir;

» La coupe des festins est amère et trompeuse;

» Si leur vie est d'abord douce et délicieuse,

» A mes coups, dont jamais nuls ne sont exemptés,

» Sans défense ils seront dans la suite livrés.

» Exister pour souffrir, voilà ta destinée,

» A cet arrêt cruel tout le monde soumis,

» Sans qu'aucun ait trouvé quelque bonheur ici.

» Commande donc bientôt à ton âme attristée

» De soumettre sa vie à mon bras tout puissant

» Et dans le lamentable et triste isolement,

» Qu'à tout être vivant mon sort funeste envoie,

» Coule tes jours privés de toute pure joie.

» Du plus inconcevable et morne abattement

» Mon âme en un instant devint la triste proie

» Et même en moi longtemps parut s'anéantir

» Le reste languissant de ma pénible vie

» Et déjà je commence aussitôt à remplir

» De mes affreux destins la plus grande partie.
» Le vent du nord glaçait mes membres engourdis,
» La douleur de ses feux me consume et m'enflamme,
» La joie a pour toujours abandonné mon âme,
» Mon esprit au malheur s'est malgré lui soumis,
» Le sang quitte mon cœur qui ne bat plus qu'à peine,
» J'appelle incessamment à mon secours la mort;
» Un vent qui des vaisseaux ferait craquer l'antenne
» Me glace de son vif et douloureux accord.
» O indicible angoisse! et qu'il est impossible
» A l'esprit le plus fin, l'âme la plus sensible,
» De peindre au naturel, même de concevoir,
» A quelques pas de moi je vois un fleuve noir,
» Qui, roulant dans son cours une eau marécageuse,
» Offrait une surface et livide et bourbeuse;
» Je voulais pour jamais, en m'y précipitant,
» M'éviter par la mort un pénible tourment.

» Mais, à ce prompt dessein pendant que je m'apprête,
» Par derrière aussitôt je me sens retenir,
» Et précipitamment je retourne la tête,
» Déjà, le dirais-tu, j'ai cessé de souffrir.
» A mes yeux étonnés à l'instant se présente,
» Aimable souvenir, l'image surprenante
» De l'objet le plus beau que l'œil ait rencontré.
» Aux attraits enchanteurs d'une vive beauté
» Joignant les agrémens d'une verte jeunesse,
» Elle plaisait aussi parce que la vieillesse
» Ne lui refusait pas sa grave majesté.

» Sur son double visage on lisait la tendresse,
» Ses yeux étincelans brillaient d'un vif éclat,
» Qu'un air de dureté ne défigurait pas,
» Et la compassion, que sa douce tristesse
» réflétait vivement, annonçait l'allegresse
» Dont toujours ont joui ses fortunés enfans.
» A son si doux aspect le spectre épouvantable
» S'enfuit accompagné d'un cortège effroyable,
» Que par ordre suivaient les horribles tourmens,
» Disparaissant honteux de laisser à sa place
» A la religion encor cette surface.
» Le soleil obscurci devint plus radieux,
» Les bosquets dépouillés reprirent leur verdure,
» Et leur beauté flatta de nouveau tous les yeux,
» Encor tout parut gai dans toute la nature;
» Telle est dans la saison où revient le printemps,
» Au château la riante et belle matinée
» Où la terre à l'instant paraît renouvelée.

» Surprise de si prompts et si beaux changemens,
» Je sens renaître en moi l'espérance et la vie,
» Lorsque sa douce voix, dont mon âme attendrie
» Jusques au fond du cœur est encore saisie,
» Me tint ce consolant et sublime discours :
» Je suis l'enfant chéri d'un Dieu qui n'est qu'amour
» Et des hommes toujours je me montrai l'amie,
» Mère de la piété, l'espérance et la foi,
» Le pauvre n'a jamais rien tenu que de moi.
» Mais si quelqu'un se livre aux excès de la joie,

» Toujours de la douleur il deviendra la proie ;
» Car, si mes tendres soins, dès qu'il est au berceau,
» Ne le conduisaient pas jusqu'à ce qu'au tombeau
» S'éteigne lentement sa languissante vie,
» De chagrins dévorans elle serait remplie.
» C'est moi qui te sauvai de ce fleuve si noir,
» Où te précipitait un cruel désespoir.
» Je voulais exprimer de cette bienfaisance
» A la religion quelque reconnaissance
» Et même m'entourer de sa protection,
» Lorsqu'entendant frapper rudement à ma porte
» Je vis que tout cela n'était qu'une vision
» Et m'écriai charmé de cette illusion :
» Étoile des humains et que le calme apporte,
» A mon frère, des cieux ouvre bientôt la porte. »

Tels étaient les conseils que ma pieuse sœur
Me donnait par écrit n'écoutant que son cœur.
Elle ignorait, hélas ! qu'au milieu de l'orgie
Je coulais sans remords les beaux jours de ma vie.
Aussi, loin d'attendrir quelque peu mes esprits,
Ses exhortations n'eurent que des mépris ;
Je traitai sa piété, ses songes de folie,
Engageai Sébastien à la plaisanterie.
Mais alors quel parut tout mon étonnement,
Quand je le vis plus haut, disant son sentiment,
M'interdire d'user encor de raillerie,
Si je ne voulais pas qu'il y fût de ma vie,
Déguéner aussitôt un glaive menaçant,

Comme s'il me disait : c'est le sort qui t'attend,
Je balbutiai tout bas quelques raisons frivoles.
Il s'éloigne et me laisse honteux et sans paroles.

CHANT SEPTIÈME.

SOMMAIRE.

De Sarrazin consulte Occitanise sur son démélé avec Sébastien. — Perfide conseil d'Occitanise. — Son histoire étonnante. —
De Sarazin consent à conspirer. — Il est découvert. — Il ne
rougit pas de calomnier Sébastien. — Mort de Sébastien.

Ces mots injurieux de mon esprit hautain
Devaient enfler l'orgueil ambitieux et vain ;
Et je voudrais pouvoir, loin des règles prescrites,
Rejeter de ces faits les trop funestes suites.
Mais puisque vous m'avez ordonné de parler,
Sans qu'il me soit permis de ne rien vous céler ;
Sur le ton que j'ai pris, je vais aussi poursuivre :

Dans la haute faveur où me forçait à vivre
Un amour favorable à mes sens enchantés,
Tout, selon moi, devait, non à mes volontés,

Mais encor, qui plus est, même à mes seuls caprices
Montrer des sentimens et soumis et propices.
Autrement, en seigneur orgueilleux et piqué,
J'aurais intéressé pour mon honneur blessé
La douce pitié d'une sensible amante,
Qu'eut sans doute affligée une histoire touchante
Des outrages par moi soufferts et non punis,
Ainsi que de l'empire on fait les ennemis.
Et de même l'affront dont mon illustre audace
Par un simple officier se vit flétrir la face,
Au point que ma fureur me rendit interdit,
Ne devait pas long-temps demeurer impuni.
C'est le commencement de l'étonnante haine,
Qu'alors pour Sébastien jura mon âme vaine,
Et dont le triste effet par une prompte mort
Couronna du succès mon odieux effort.
Évitant les détails d'une trop longue histoire,
Je vous dirai pourtant ma honteuse victoire
Et les trames ourdis contre ce Sébastien,
Dont le seul crime était d'avoir paru chrétien.
Car, quelque inconvenant que paraisse l'outrage
Que je reçus alors de ce vaillant courage,
Je devais, ignorant ce mauvais procédé,
Ne plus continuer un mépris affecté;
Ou, si je désirais en demander vengeance,
Que sa mort d'un combat devint la récompense.
Alors, nous mesurant dans un chanceux cartel,
A ma valeur peut-être il aurait fait appel;
Et d'un meurtre aujourd'hui ma mémoire entachée

D'une illustre victoire eut été décorée;
Ou, si le jour pour moi n'ayant que des dégoûts,
J'eusse enfin succombé sous l'ardeur de ses coups,
Au moins j'aurais péri d'une mort glorieuse
Et ma défaite m'eut même été précieuse.
Telles ne furent pas les immuables lois
De celui qui créa les sujets et les rois,
Qui, contre l'oppresseur protégeant l'innocence,
Sait la mettre à l'abri de l'injuste opulence,
Et l'on peut avouer, et ne hasarder rien,
Que ce qu'on croit un mal, très souvent est un bien.
Mon histoire sera la plus solide preuve
De cette vérité qui certes n'est point neuve.
Aussi, sans perdre encor le temps à raisonner,
Comme si je voulais presque coordonner
A mon assentiment le sens de votre idée,
Pour n'interrompre plus la chose commencée,
Je vais reprendre encor le fil abandonné
Au terrible moment de notre démêlé.

Dès que de Sébastien j'eus étouffé l'injure,
Dire ce qu'éprouva mon altière nature,
C'est ce que ne pourrait aucune expression
Qui ne défigurât mon indignation.
« Un seigneur, me disais-je, essuyer un outrage....
» Et de qui.... d'un chrétien que son bouillant courage
» Éleva de soldat aux plus suprêmes rangs,
» Que la guerre promette à ses tristes enfans....
» Et j'oserais.... encor.... lâche et pusillanime,...

» Souffrir qu'on lui décerne une publique estime,
» Et par là me vouer à d'éternels mépris....
» Prouvons lui ce que c'est qu'irriter nos esprits!....
» Qu'il apprenne par nous ce que peut la noblesse!....
» Contre ceux qu'a séduits.... leur vaine hardiesse!
» La splendeur de ton rang t'avait peut-être enflé,
» tu sauras ce que coûte un peu trop de fierté. »
J'examinai long-temps quelle main ennemie
Pourrait de Sébastien trancher l'illustre vie,
Comment préparerais-je à sa mort l'empereur,
Sans rien perdre à la cour de ma haute faveur.
On louait à l'envi son utile courage
Et, quoiqu'il fut privé du frivole avantage
De voir avec succès figurer ses aïeux
Dans des temps reculés avec un nom fameux,
On était étonné qu'une souche pompeuse
N'eût de sang formé cette âme généreuse;
Aussi nul ne doutait que la suite des temps
De ses vertus rendit glorieux ses enfans.

Je devais donc trembler qu'un effort inutile
Fût perdu sans remplir un but si difficile;
Mais notre orgueil blessé par un juste mépris
Ne pense qu'à venger son honneur compromis,
Et dût même la mort, juste prix de son crime,
L'empêcher d'assouvir ses yeux de sa victime,
De ce cruel plaisir son esprit se repaît;
Ce feu que rien n'éteint de ses cendres renaît.
Avec avidité ma soif vindicative

Ne peut plus modérer mon ardeur convulsive
Et trahissant un vif et brusque empressement
Saisit l'occasion de mon amour récent.
De l'outrage reçu j'instruis Occitanise
Et son conseil me fit reculer de surprise,
Étonné que j'étais dans un si bel objet
De rencontrer un cœur fait au plus noir forfait.
« Comment ! tu t'es laissé menacer, me dit-elle,
» Par ce faible chrétien, au prince si fidèle !
» Et cet affront par toi ne serait pas puni !
» Alors ce serait bien aux éternels mépris
» De ce vil roturier condamner ta noblesse,
» Et par là de tes jours bannir toute allégresse !
» Oh non ! qu'à cette cour jamais il ne soit dit
» Que devant Sébastien ton courage a pâli ;
» Mais que, si l'on compare à la peine l'offense,
» Les peuples effrayés d'une telle vengeance,
» Puissent dire plutôt : Jadis de Sarrazin
» Essuya quelque affront d'un certain Sébastien,
» Aussitôt à sa cause intéressant l'empire,
» Il trouva dans la mort le prix de son délire.
» Je veux donc qu'aujourd'hui, docile à mes conseils,
» Non-seulement de lui, mais de tous ses pareils,
» C'est-à-dire tous ceux dont il acquit l'estime,
» Tu purges cette cour. Et dans un même crime
» Enveloppant ces mille assassinats divers,
» Ta conduite apprendrait dès-lors à l'univers
» A respecter en toi des titres de noblesse
» Que rendrait mérités ce trait de hardiesse.

» Car enfin ta naissance est un bien vain honneur
- » Si tu ne mets au jour un magnanime cœur,
» Et Sébastien avec son courage intraitable
» Me paraîtrait à toi certes bien préférable,
» Si tes nobles aïeux de leur pompeux cercueil
» Ne t'avaient rien légué qu'un inutile orgueil.... »
Alors l'interrompant d'une voix étonnée :
« Quoi ! lui dis-je, est-ce ainsi qu'au crime accoutumée
» Ta haine peut oser dicter de tels avis !
» Quoi ! dans un tel affront quelqu'un de compromis !
» Non, déjà je pâlis même à la seule idée
» D'immoler Sébastien à mon âme offensée !
» Et tu crois, me dis-tu, qu'en me montrant cruel
» Je rendrais mon courage à jamais immortel.
» Non, ce n'est point ainsi que le vulgaire juge
» Et pourtant des grands noms c'est lui qui seul est juge.
» Que pense-t-on encor des lâches meurtriers
» Des princes les plus vils même les plus altiers ?
» Mit-on au rang des dieux l'empereur parricide ?
» Et serais-je prôné devenant régicide ?
» Et d'ailleurs de qui part ce conseil séducteur ?
» Songe que ton haut rang, ce n'est qu'à l'empereur
» Que ton heur en a dû, je crois, la jouissance,
» Sont-ce les procédés de la reconnaissance ? »
A peine ai-je fini mon discours importun,
Que saisissant enfin le moment opportun,
Elle me déroula son incroyable histoire,
M'assurant que sur tout je pouvais bien l'en croire.
Elle me raconta dans le plus long détail,

Comment son père, hélas! quittant son gouvernail
(Car il était avant simple chef de navire)
Devint grand dignitaire au sommet de l'empire,
Et puis, à l'empereur rendu bientôt suspect,
Perdit en un moment ce suprême respect
Qui jadis lui valait une si haute estime
Et des brigues de cour périt triste victime.
« Je restai seule, hélas! infortunée enfant
» D'un père qui mourrait, je le dis, innocent.
» On a bien reconnu qu'il n'était pas coupable,
» Mais cela me rend-il mon sort plus agréable!
» Je sais bien qu'on la croit éteinte, ma douleur!
» Et mon père banni de mon sensible cœur,
» Depuis que, m'entourrant d'illustres avantages,
» On a vu se calmer mes dédaigneux courages.
» On pense que, sensible à des titres pompeux,
» J'étouffe dans mon sang des désirs généreux.
» Mais que mal on a lu dans mon âme affligée!
» Il faut que cette mort tôt au tard soit vengée!
» Et si je t'ai comblé d'indicibles faveurs,
» C'était uniquement pour mes plans suborneurs. »
Elle dit, et tombant dans une léthargie
Que suivit une longue et terrible agonie,
Elle me parut prête, à ce dur souvenir,
A rendre entre mes bras l'âme avec le soupir.
Mais déjà dès long-temps de sa sollicitude
J'avais pu m'acquérir une longue habitude,
Et partant je savais l'invincible moyen
De calmer sa douleur et la réduire à rien.

Aussitôt m'empressant à ce qu'elle désire
De paraître porté : « Je veux à tout souscrire, »
M'écriai-je, et dès-lors par moi-même enchaîné,
A mon serment je dus me montrer attaché,
Et prenant en mes mains cette étonnante cause,
Sans voir si quelque chose à mon dessein s'oppose,
Pour plaire au tendre objet qui m'avait su charmer,
Je consens à tout faire et jusqu'à conspirer.
De l'état ébranlé dans ses mains incertaines
Le César vieillissant laissait flotter les rênes.
Ce trône chancelant, qui flatta mon espoir,
Par mes mains ne devait pas encore déchoir.
Aussi Dieu permit-il que des voix indiscrètes
Devinèrent le cours de mes brigues secrètes.
Alors c'en était fait de ma félicité,
Si l'empereur ne m'eût avec grâce écouté !
Mais me ressouvenant ma grandeur méprisée,
Sébastien me fournit une victime aisée.
Je l'accusai d'avoir sourdement attenté
Aux jours si précieux de son éternité,
Ayant soin de montrer à l'auguste assemblée
Qu'étant membre zélé de la secte empestée,
Que poursuivait alors la rigueur de la loi,
On pouvait bien penser que pour sauver leur foi,
Qui semblait près de faire un désolant naufrage,
Les chrétiens eussent eu recours à son courage.
Mon avis fut bientôt à l'envi répété
Et du pieux chrétien tout serment rejeté.
Enfin César d'un ton qu'aigrissait la colère :

» Trop longtemps je fus doux, soyons ferme et sévère,
» Et c'est vous que toujours je comblai de bienfaits,
» Qui de mes dons nombreux et d'une longue paix
» Vous prévalant, osez par un funeste exemple
» Corrompre ce troupeau zélé qui vous contemple.
» Cessez de vous louer de cet heureux effet,
» Car de votre conduite on connaît le secret,
» Et si dès aujourd'hui, vous montrant plus docile,
» Vous ne reniez pas par un serment facile
» Votre religion et ses dogmes trompeurs; —
» Non non, n'attendez pas qu'aux plus vives douleurs
» Mon courage jamais se démentant succombe. —
» Et bien emporte-le, ton Jésus, dans la tombe, »
Reprit César d'un ton toujours plus irrité.
Et de le torturer l'ordre est exécuté. »

CHANT HUITIÈME.

SOMMAIRE.

Résurrection apparente de Sébastien. -- Bruit populaire. --
Conversions multipliées. -- Discours de Sébastien à l'empereur
et à de Sarrazin. -- Sa prédiction. -- Trouble qu'elle fait naître
-- Indécision d'Occitanise. -- Les plaintes à de Sarrazin. -- Ils
font voile vers Javols.

Déjà d'un vif supplice impassible victime,

Sébastien est puni d'un chimérique crime,
Et, de mes longs efforts triste et funeste effet,
A moi-même immolé par un cruel arrêt;
Et je goûtais en paix d'une injuste vengeance,
Dans le sein de la cour, l'injuste récompense,
Sans qu'un faible remords vint me troubler jamais,
Ni jamais m'arracher à mon horrible paix.
Mais, grâce aux tendres soins de la pieuse Irène,
Le corps de Sébastien que, sur la froide arène,
Les bourreaux inhumains avaient laissé pour mort,
Fut enfin réchauffé par son constant effort,
Et bientôt il parut montrant un nouveau zèle
Pour les chers intérêts de la secte fidèle.
Le bruit se répandit dans toute la cité
Que Sébastien était des morts ressucité,
Et beaucoup de païens surpris de ce miracle
Pour croire à Jésus-Christ rompirent tout obstacle.
Tel, qui jadis montrait le plus d'acharnement
Contre les sectateurs d'un Dieu pauvre et souffrant,
Abhorrant anjoud'hui le crime et le blasphème,
Aux prêtres étonnés demande le baptème,
Confesse hautement en face du tyran
Qu'à Jésus désormais il veut être constant;
Puisque ses yeux ont vu le surprenant prodige
Qui s'opère et lui montre une divine tige
A la religion qu'apporta le Sauveur;
Puisque tout réuni condamne l'empereur
De pouvoir, sans rougir d'une honte éternelle,
Attaquer une foi qui n'est point criminelle

Et qui, bien loin de nuire à la tranquilité,
Commande à tous des vœux pour sa félicité,
Mettant au premier rang parmi ses ordonnances
Le devoir d'obéir aux suprêmes puissances,
Seraient-elles (ce point doit être remarqué)
Contraires à la juste et sévère équité

Un jour que je servais à l'empereur de guide
Il traverse une rue, où de le voir avide
Chacun avait quitté le dedans des maisons
Pour lui rendre à l'envi des salutations ;
Tout d'un coup (de frayeur encore j'en frissonne)
Dans nos cœurs étonnés une voix qui résonne
Reproche à l'empereur d'abord sa cruauté ;
Puis s'adressant à moi d'un ton plein de fierté :
« Frémis d'avoir osé par un affreux mensonge,
» Pour conserver tes jours, faible jouet d'un songe,
» Abuser à ce point de la crédulité
» Qui d'un prince indulgent fait un juge irrité ;
» D'avoir fait violence à sa faible justice,
» Pourquoi ? Pour assouvir un criminel caprice !
» Frémis d'avoir osé par ma mort te flétrir,
» Afin de satisfaire un barbare plaisir,
» Qui t'inspira sur moi la cruelle vengeance
» Dont ma perte devait être la récompense !
» Frémis d'exécuter les perfides avis
» De celle dont tes yeux sont trop longtemps épris
» Et crains, en demeurant encor sous son empire,
» D'augmenter dans ses fers l'effet de ton délire

» Et de perdre, en suivant toujours l'impiété,
» Avec ce cher objet toute félicité......
» Mais en ce doux moment quelle clarté m'inspire,
» Je vois de Sarrazin qui de douleur soupire
» Et macérant sa chair par mille austérités
» Craint du Dieu des chrétiens les regards irrités ;
» Je le vois redoutant la justice divine
» De son corps regarder comme rien la ruine,
» Pourvu qu'il puisse attendre, en répandant son sang,
» D'occuper dans les cieux au moins le dernier rang ;
» Je l'aperçois enfin prendre en ses mains son âme
» Et l'offrir en hostie à son Dieu qui l'enflamme !......»
A peine a-t-il fini, par ses prédictions,
De remplir nos esprits d'irrésolutions,
Que César irrité de cet air d'arrogance
Impose à Sébastien un rigoureux silence,
S'assure que c'est lui, sonde ses sentimens,
Cherche à l'épouvanter par de nouveaux toumens,
Mais comme il voit qu'à tout son âme est insensible,
Et que la mort pour lui n'a rien qui soit terrible,
Pour ne plus écouter ses reproches amers,
L'empereur, rejetant de sévères pensers,
Ordonne qu'on le prive aussitôt de la vie,
Ajoutant qu'il tenait à ce que fût suivie
La plus prompte méthode en exécution,
Ne voulant nullement prolonger l'action.
Il dit, et meurtriers de se montrer dociles
A seconder en tout de ses esprits débiles
Jusqu'aux moindres désirs comme des volontés.

Et de sa prompte mort des hérauts informés,
Par ordre impérial, dans le moindre village,
Où des Romains eut pu pénétrer le courage,
Annoncent : « Qu'à la fin connaissant les forfaits
« Qu'a commis Sébastien, grâce aux nombreux bienfaits
» Par César prodigués à sa valeur guerrière,
» Il expie en mourant sa fureur meurtrière
» Et c'est de Sarrazin, noble et puissant seigneur,
» Intime confident du divin empereur,
» Dont le zèle attentif à tous desseins nuisibles,
» D'un crime a prévenu les effets trop terribles. »

A Javols comme à Rome on publia l'édit,
Ainsi que de sa main l'empereur l'écrivit.
Et vous pouvez penser l'affligeante nouvelle,
Que dut être à ma sœur cette action cruelle;
Et la douleur sur elle eut un si triste effet
Qu'elle ne put longtemps survivre à mon forfait.
En songe m'apparut sa ressemblante image;
C'était elle, son port, sa grâce et son visage.
Elle jeta sur moi des regards larmoyants
Et ses discours étaient des reproches sanglants.

« Reconnais, me dit-elle, une sœur peu chérie,
» A qui tes noirs forfaits ont arraché la vie;
» Vois mon sang qui ruisselle et la trace des maux
» Que pour la foi m'ont fait endurer les bourreaux;
» Je ne cédai jamais aux plus vives tortures !
» Et de tes actions les horribles peintures,
» Que j'ai souvent ouï faire au-devant de moi,

» Me perdirent plutôt que n'aurait fait ma foi.
» La douce voix du sang me trouva trop sensible
» Et de ma pitié je sens l'effet terrible.
» Exclue encor un temps du séjour bienheureux,
» C'est toi dont la ferveur doit m'introduire aux cieux ;
» Car vers toi c'est mon Dieu, qui cette nuit m'envoie
» Pour t'engager à suivre un peu l'étroite voie,
» M'assurant qu'il rendrait pour toi moins épineux
» Des sentiers qui pour tous ont été tortueux.
» Écoute donc ma voix et, bravant la défense,
» En te faisant chrétien, m'obtiens la récompense
» Que l'Éternel promit à tes premiers travaux
» Et ma prière aux cieux adoucira tes maux. »

Elle dit et sa voix douce, simple et touchante
Alluma dans mon cœur une ardeur étonnante
De devenir enfant d'une religion,
Pour laquelle je n'eus que trop d'aversion.
En effet, sur son char éclatant de lumière
A peine le soleil éclairant Rome entière
A répandu ses feux qui raniment l'espoir,
Et je cherche déjà comment faire savoir
Ma résolution à mon Occitanise,
Oserai-je avouer de ma prompte entreprise
La cause surprenante ainsi que les détails ?
Ses cris seront-ils pas autant d'épouvantails
Capables d'ébranler l'audacieuse idée
Dont mon âme déjà s'est trop préoccupée ?
Il le faut néanmoins, aussi sans plus tarder

Je m'explique et pourvois au soin de m'évader,
Redoutant une cour où d'un affreux naufrage
Nul ne peut échapper à l'entraînante rage.
Mais dès qu'Occitanise eut appris mon dessein :
« Quoi, dit-elle, est-ce toi qui deviendrait chrétien ?
» De ton horreur pour eux n'as-tu plus souvenance ?
» Qu'as-tu fait de l'antique et superbe constance
» Dont ta noble origine empruntait ses attraits ?
» Et ce front qu'on a vu ne se courbant jamais
» Sur lui porter, écrit en sanglant caractère :
» Malheur à l'insensé qu'atteindrait ma colère ;
» Ce front noble, ai-je dit, cédant à Sébastien
» Oserait s'avouer, sans en rougir, chrétien ?
» Cesse encor de vouloir inquiéter mon âme
» Et d'éteindre les feux de ma pudique flamme.
» Est-il quelque moyen de maitriser l'amour ?
» Cruel, change d'idée ou m'arrache le jour. »

Tels étaient les accents que sur ma prompte fuite
Soupirait de douleur mon amante interdite,
Et moi plus que jamais résolu d'éviter
Tout ce qui semblerait à mes vœux s'opposer,
Sur la terre fixant des regards immobiles,
Sans chercher à pousser des plaintes inutiles :
« Cesse, lui dis-je alors, cesse de m'accuser ;
» Si je m'explique ainsi, c'est pour exécuter
» Et non pour te causer une crainte incertaine ;
» A me dissuader toute démarche est vaine,
» En me disant chrétien j'ai de bonnes raisons,

» Et si pour m'écouter tes esprits étaient prompts,
» Ou plutôt si ton âme était moins irritée
» Contre une secte qu'a Rome persécutée,
» Je pourrais, employant d'utiles argumens,
» Te prouver que de Dieu les chrétiens sont enfans.
» J'ai vu (si quelque foi peut s'ajouter aux songes)
» Que les Dieux que tu sers sont des Dieux de mensonges
» Fuis la cour, me disait le divin messager,
» C'est avoir trop longtemps hasardé le danger.
» La cour est une mer en naufrages féconde,
» Dont les funestes flots éprouvent tout le monde.
» Pour finir, croie ou non ma gémissante voix,
» C'est par l'ordre de Dieu que se fixe mon choix. »

Pendant que je parlais, Occitanise en larmes
Cherchait à me toucher par de vaines allarmes,
Mais mon dessein était déjà trop avancé
Pour oser contredire un discours commencé.
Car, si j'avais senti quelque effet de la grâce,
Elle en avait déjà presque détruit la trace;
Aussi sans nulle peine à ses pleurs déchirans
Je me rends quand elle eut soupiré ces accents :
« Non, tu n'es point issu d'une noble origine
» Et tu n'as point sucé le lait d'une héroïne,
» Ne viens plus m'éblouir par un frivole nom,
» Jamais un haut seigneur ne m'eut fait cet affront!
» D'un roturier tu dus recevoir la naissance,
» Sans doute une tigresse éleva ton enfance.
» A-t-il été sensible à mes gémissemens?

» En ai-je pu tirer quelques mots consolants ?

» A-t-il eu pitié de mes froides allarmes ?

» Et mon constant amour lui coûta-t-il des larmes ?

» Je ne conte pour rien tes perfides raisons,

» Que comme des discours de petites maisons,

» Ton Dieu prend-il souci des amours innocentes ,

» Dont brûlent parmi nous de sensibles amantes ?

» Non je ne puis penser qu'aux cieux sa majesté

» De nos douces amours ait le front irrité.

» Dis plutôt que, s'il a quelque soins sur la terre ,

» C'est de faire éclater sa foudre et son tonnerre

» Sur ceux qui comme toi ne suivent d'autre loi

» Que d'abuser l'amour et de trahir leur foi.....

» Mais au moins si suivant dans ta fuite lointaine

» De tes pas chancelants la trace peu certaine,

» Je pouvais près de toi le reste de mes jours

» A l'ardeur de mes feux donner un libre cours;

» Alors te secondant dans ta marche pressée

» Peut être à tes dessein eussé-je été portée. »

Elle dit, et rendant mon âme à ses désirs

De son cœur oppressé j'arrête les soupirs.

CHANT NEUVIÈME.

SOMMAIRE.

Leur arrivée à Javols. -- Ordres du consul. -- De Sarrazin est menacé de la confiscation de son château. Son Apostasie. -- Son repentir. - Fin du récit. -- Saint-Privat répond à de Sarrazin et lui prédit la gloire d'Occitanise.

Déjà nous dérobant à d'aimables délices
De la mer nous fendions les flots doux et propices
Et le ciel se montrant favorable à nos vœux
Réflétait un éclat pur et délicieux;
La mer par les baisers de zéphir caressée
Présente aux voyageurs sa surface perlée;
Tantôt se balançant dans son lit en courroux,
Qui rendait un murmure à la fois sourd et doux,
Et tantôt étendant de son onde immobile,
Dans un vaste circuit, la majesté tranquille,
Tout semblait seconder notre pieux départ;
On ne peut rencontrer un plus heureux hasard,
Aussi, deux mois après un aimable voyage,
Quand nous eûmes fini notre pélérinage,
Fûmes-nous étonnés, dans un temps aussi court,
Que fut exécuté notre étonnant retour.

Au château, que déjà, d'après l'ordre du prince,
Le consul regardait comme de la province,
(Car l'usage voulait que la possession
D'un païen converti fut à la nation,)
Je crus pouvoit reprendre encor mes anciens titres
Et, de mes parchemins feuilletant les chapitres,
Éblouir mon amante avec l'antiquité
D'un nom dont mes aïeux décoraient leur fierté.

Mais quelle ne fut pas l'étonnante surprise
Qui glaça les esprits de mon Occitanise.
Quel trouble inconcevable attira la pâleur
Sur un front qu'embellit la grâce et la pudeur,
Lorsqu'informé bientôt qu'arrive en la contrée,
L'héritier des seigneurs qui l'avaient habitée,
Le consul me refuse entrée à mon château?
Car déjà l'on parlait comme d'un bruit nouveau,
A Javols, des raisons d'une si prompte fuite,
Tout le monde y savait en détails ma conduite.
Serait-ce par l'effet de cette renommée
Qu'on nous décrit sans cesse à médire occupée,
Dont l'assemblage horrible et d'oreilles et d'yeux
Fait un monstre nuisible, inutile, odieux?
Ou serait-ce plutôt de l'esprit de malice
Un piège contre Dieu qui me semblait propice ?

Quoi qu'il en soit, déjà je passais pour chrétien
Et le consul poussé par un zèle hautain :
« Depuis quand, me dit-il, crois-tu que ton audace

» Ait conservé le droit de réclamer la place
» Qu'occupèrent jadis tes aïeux fortunés
» Au château d'où le sort voulut qu'ils fussent nés.
» Mais sache, si tu feins d'ignorer l'ordonnance,
» Que tes biens confisqués d'après une sentence
» Que fit lire partout le divin empereur,
» Déjà sont au pouvoir d'un exact régisseur.
Pendant tout le discours de l'altier dignitaire
Je brûle du désir de vite satisfaire
La curiosité qui me porte à savoir
De quel bref le consul pouvait se prévaloir
Pour oser d'un sanglant et criminel outrage,
Sans craindre ma valeur, abaisser mon courage;
Car déjà j'oubliais le louable projet
Dont m'otait la pensée un trop aimable objet.
» Mais, lui dis-je, avez-vous quelque sujet de plain
» Qui pût me présager jamais pareille crainte?
» En quoi mes actions contraires à l'état
» Ont-elles du degré de puissant potentat
» Pu me faire descendre au rang de vil esclave!
» Et sur ma seigneurie exercer quelque entrave.
» Tu veux rire sans doute, alors d'un ton plus haut,
Dit-il, en affectant d'éluder de nouveau,
» Quelle a, de m'éclaircir je t'ordonne de suite,
» Été le vrai motif de ta coupable fuite?
» Parle n'était-ce pas pour te faire chrétien? »
Alors Occitanise, à qui cet entretien
Avait fait éprouver une terreur panique,
Pour m'oter d'embarras, elle-même s'explique,

Confesse hautement que toujours j'eus horreur
De Jésus-Christ lui-même et de son sectateur.
Ces mots que j'approuvai de la voix et du geste
M'arrachent pour un temps à la faveur céleste
En me rendant le bien qu'exploitaient mes aïeux.
Mais Dieu me réveilla de ce sommeil affreux.
Bientôt j'allais ouvrir mon avide paupière
Aux bienfaits inconnus de la vive lumière.
Enfin je vous connus et de la vérité
Commençais à goûter la douce volupté
Et rompant les liens de l'indigne esclavage
Qui me fit au péché consacrer mon jeune âge,
Je n'hésite pas plus à me montrer chrétien,
Sans craindre de céder et paraître incertain.
Occitanise eut beau de son ardente flamme,
Afin de m'ébranler, entretenir mon âme ;
Aucun de ses motifs ne parut assez fort
Pour rendre encor vain l'objet de mon effort,
C'est que j'avais ouï la voix apostolique
D'un prélat qui, je crois, à la foi catholique,
En dépit du tyran, donnait une vigueur
Que ne put étouffer un piége séducteur,
Et c'est depuis ce temps que m'offrant pour victime
Je subis en souffrant la peine de mon crime.
Et quoique sur mon corps de cruels châtimens
Aient produit de si grands et si prompts changemens,
Qu'à peine complétant tout mon sixième lustre,
Age où l'homme jouit encor d'un peu de lustre,
Je ressemble un vieillard rempli d'infirmités

Et quoique de la mort mes jours soient menacés,
Je ne forme qu'un vœu, celai qu'Occitanise
De ma religion à la fin plus éprise,
Abandonne ses Dieux, à leurs trompeurs autels
Préférant Jésus-Christ et ses biens éternels.

Tout le temps qu'il parla, Saint-Privat immobile,
Toujours à ses récits prête une foi docile,
Et dès qu'il eut fini l'énumération
Des plus faibles détails de sa narration,
Le courageux prélat, que l'esprit saint inspire,
Levant les yeux au ciel pendant trois fois soupire
Et puis : «Mon fils, dit-il, que mon Dieu soit béni
» De ce que mes travaux ont porté quelque fruit
» Et puisse l'éternel, exauçant ma prière,
» T'accorder la constance à ton heure dernière
» Et puisse-t-il encore sur ta chère moitié
» Jeter quelques regards de tendre pitié!
» Je craindrais de mourir si mes yeux n'avaient vu
» Ton épouse hardiment imiter ta vertu.
» Mais que dis-je! je sens que l'esprit saint m'enflamme,
» Vous pouvez maintenant redemander mon âme,
» Puisque vous m'avez fait connaître avant ma mort
» De ces deux confesseurs le courageux effort;
» Puisque me dévoilant leurs saintes destinées,
» Je vois d'avance au ciel leurs têtes couronnées.
» Mon Dieu soyez encor dans les siècles béni,
» Si mes faibles travaux ont porté quelque fruit,

CHANT DIXIÈME.

==

SOMMAIRE.

Vision d'Occitanise. — Sa conversion. — Son martyre. —- De Sarrazin et Saint-Privat sont décapités. —- Invocation aux saints martyrs.

—

Pendant que nos deux saints libres d'inquiétude
Perdaient le souvenir de leur sollicitude,
En échangeant entre eux des entretiens secrets,
Aux cieux on discutait leurs plus chers intérêts:
Le Sauveur des humains, à la droite du père,
Avec l'esprit divin consomme le mystère
De l'incompréhensible et sainte trinité
Et que ne peut sonder même l'éternité.
C'est là qu'avec respect, tantôt dans le silence,
Tantôt chantant en chœur dans une humble cadence,
Les célestes esprits du voile ténébreux
Célèbrent à l'envi l'abord mystérieux,
Et buvant à longs flots d'incomparables joies,
Sans cesser d'être au ciel, tracent d'utiles voies

Aux mortels qu'ils voudraient dans ce lieu de bonheur
Voir comme eux jouissant aussi du même honneur.
Mais aux saintes amours déjà l'ange propice
Prépare Occitanise au cruel sacrifice
Que Dieu d'elle exigeait pour rendre son amour
Digne d'être approuvé dans l'éternel séjour;
Pour Jésus-Christ lui souffle une haine moins vive;
Puis, à se convertir la rendant attentive,
Fait insensiblement dans ce cœur trop constant
Naître un ardent désir d'imiter son amant.
Et cédant tout d'un coup aux efforts de la grâce,
Elle abandonne un joug dont elle est déjà lasse,
Déclare sans rougir au consul étonné
Qu'elle ne veut pas voir son époux couronné,
Tandis qu'elle, jouet des divines vengeances,
A jamais condamnée à d'horribles souffrances,
Ne pourrait se bercer du plaisir d'être à lui :
» Tourmentez-moi, dit-elle, et me tuez aussi,
» Pourvu que je conserve encore l'espéance
» De consommer au ciel notre sainte alliance. »
Elle dit et répand un déluge de pleurs,
Et le consul ému par des propos flatteurs
Crut pouvoir ébranler ce surprenant courage
Et mit pour la dompter tout moyen en usage.
La crainte ni l'espoir ne peut rien obtenir,
A tout elle répond: « Jésus-Christ ou mourir. »
Le consul irrité de voir qu'en sa présence
La nouvelle chrétienne étale une constance
Que ne feraient pâlir les plus affreux tourmens,

Se déchaîne et la voue aux plus durs châtimens,
Aux bourreaux inhumains demandant avec larmes
De ne pas se laisser attendrir par ses charmes :
A ses attraits vainqueurs auraient-ils résisté,
Si leur cœur en airain n'eut-été cuirassé ?
Mais le sarcasme amer joint à d'autres outrages
Ne put d'elle jamais arracher des suffrages
Contre la vérité d'une religion
Qu'elle ne veut aimer que par conviction.
Et même quelques-uns prévenus par la grâce,
Comme ils ne virent plus sur elle aucune trace
Des tourmens dont la veille on déchira son corps,
Appelèrent son Dieu, le Dieu puissant et fort,
Et de persécuteurs venus zélés apôtres,
Aux endurcis disaient : « Soyez, amis, des nôtres,
» Comme nous, embrassez une religion
» Qui donne à ses enfans la consolation. »
De nouveau convoquée à l'interrogatoire,
Lorsque le consul vit qu'au seul Dieu qu'il faut croire
Elle avouait tout haut qu'elle aurait toujours foi,
Sans que personne put l'arracher de sa loi,
Enflammé des accès d'une vive colère,
Il ne voulut pas même exaucer la prière
Qu'elle dut soupirer d'un amoureux accent,
D'attendre pour mourir qu'elle eût vu son amant ;
A peine on lui permit de tracer une ligne
Pour l'instruire du sort dont elle a paru digne,
Et déjà du bucher le fatal appareil
Va de ses feux brillans obscurcir le soleil,

Consumant les débris de l'illustre martyre,
Lorsqu'à de Sarrazin vite elle veut transcrire,
Le bonheur inoui dont l'appelle à jouir
Le Dieu qu'elle tarda trop long-temps à servir :
» O toi, dont la mémoire à mon amour est chère,
» Disait-elle, je vais enfin quitter la terre
» Et du fatal bucher m'envoler jusqu'aux cieux,
» Où bientôt, de mon Dieu je l'obtiendrai, j'espère,
» Je verrai mon époux s'élancer radieux. »

Un nouveau converti se charge de remettre
Dans le plus bref délai la précieuse lettre,
Et déjà l'héroïne assise au bois fatal,
Par la flamme étouffée, assigne au tribunal
Du juge souverain du juste et de l'impie
Le consul inhumain qui demande sa vie,
Lui prédisant au sûr qu'il la suivrait de près,
Et cette prophétie eut un si prompt effet
Qu'à peine le consul eut ouï sa sentence
Qu'il tombe sur le sol privé de connaissance,
Par cette prompte mort expiant l'attentat
D'avoir trop abusé des faveurs de l'état.
Cette subite mort, dès qu'elle fut apprise,
Fut chez tous les païens l'œuvre d'Occitanise.
Ils pensèrent hélas ! que sa punition
Était le triste effet de la prédiction.
Mais quand le crime aveugle à tel point quelques hommes
Jusqu'à même oublier qu'ils sont de vils atomes
Au prix du Dieu puissant qui de rien les créa;

Alors la vérité cède à l'erreur le pas ;
Les jugemens ne sont rien que des calomnies,
Du mensonge honteux les routes sont suivies ;
On ne rougit de rien, pourvu qu'au résultat
On arrive à la fin même par attentat.
Ainsi le bruit courut que cette fin tragique
Était l'œuvre secret de quelque catholique,
Qu'Occitanise aurait persuadé sous main
De glisser le poison dans son perfide sein.
Si telle était alors la commune croyance,
Cette mort demandait une prompte vengeance ;
Aussi l'on fait savoir à Merle sans tarder
L'attentat supposé que le sang doit venger,
Et bientôt du tyran l'inflexible justice
Fait faire les apprêts du terrible supplice,
Auxquels seraient livrés par un arrêt soudain
Le prélat décrépit avec de Sarrazin.
Devant le général on les fait comparaître,
Qui s'adressant d'abord avec hauteur au prêtre :
« Tu vas enfin, dit-il, subir le châtiment
» Que je te destinais depuis déjà long-temps,
» Si quelque méchant Dieu subornant mon idée
» De ta rébellion n'eût ôté ma pensée.
» Mais puisque tes conseils de ce seigneur hautain
» Sans honte ont inspiré le funeste dessein,
» Dont l'exécution met en deuil tout l'empire,
» Avec de Sarrasin que ta conduite inspire ;
» Vous allez sur-le-champ expier par la mort
» Le juste châtiment d'un si coupable effort. »

A peine a t-il fini qu'innocentes victimes
Ils trouvèrent le prix de leurs prétendus crimes
Et dans quelques instans tous deux décapités
De leurs vertus aux cieux furent récompensés.

Saints martyrs, vous surtout dont l'illustre victoire
Sur ma famille étend quelques rayons de gloire,
Daignez, c'est à genoux que je vous fais ces vœux,
Jeter un doux regard sur un de vos neveux,
Afin que secondé par un appui si ferme,
De mes jours sans horreur je vois venir le terme,
Espérant au bonheur sans nuage et sans fin
Par l'adorable croix de Jésus-Christ. Amen.

FIN

9 782019 263614